마음
수거함

마음 수거함

장아미 지음

생각학교

목차

1장

그 세계의 고민

1

《마음 수거함》

그래서 소녀는 자신이 떠나보낸 마음을 찾아 나서기로 결심했어요. 그러기 위해서는 마음 수거함을 이용해야 했죠.

마음 수거함을 들고 옆면에 손가락을 가져다 대자 열쇠처럼 생긴 실금이 느껴졌어요. 소녀가 열쇠 모양의 윗부분에 집게손가락을 올려놓고 보일 듯 말 듯한 궤적을 따라 신중하게 손끝을 움직였어요.

곧 상자가 열리고 길이 생겼어요. 다른 세계로 이어지는 통로였어요.

소녀는 생각했습니다. 무언가를 찾기 위해서는 먼저 떠나야 하니까. 그런 다음 눈을 감고 크게 한 발을 내디뎌 전혀 다른 세계로 미끄러져 내려갔어요.

2

가지고 싶어!

잎새가 눈썹 길이에 맞춰 다듬은 앞머리를 만졌다. 창문 너머로 내려다본 운동장 곳곳에 물웅덩이가 고여있었다.

하윤이 신발장에서 운동화를 꺼내며 이야기를 이었다.

“그래서 푸딩 두 개를 사놨단 말이야. 지난번에 너랑 같이 사먹은 걸로, 초코 맛.”

잎새가 귀담아듣고 있다는 걸 알려주려는 듯 고개를 끄덕였다. 교실에서 학생들이 한꺼번에 몰려나와 복도가 붐볐다. 우산을 챙겨 든 잎새와 하윤이 계단을 내려갔다. 교문을 통과하는 동안에도 하윤은 계속 툴툴거렸다.

“화가 나서 언니한테 따졌는데 들은 척도 안 하는 거 있지. 너무 하지 않니?”

"정말."

잎새가 흘러내린 머리카락을 넘기면서 다시 고개를 끄덕였다. 잎새는 올해 초 단발로 자른 이후로 계속 그 정도 길이를 유지하고 있었다. 하지만 수개월이 지난 지금도 거울에 비친 제 모습에 익숙해지지 않았다. 중학교에 입학하기 전까지 잎새는 긴 머리를 하나로 묶고 다녔다.

하윤의 머리는 잎새보다 훨씬 짧았다. 늦잠을 잔 날에는 베개의 흔적인 듯 뒷머리 일부가 납작하게 눌려있기도 했다.

그 외에도 잎새와 하윤은 다른 점이 많았다. 잎새의 우산이 물방울무늬가 프린트된 장우산이고 하윤의 그것이 단색의 접이식인 것처럼. 잎새가 오른손잡이에 외동딸인 반면 하윤은 왼손잡이에 세 자매 중 둘째였다. 하윤은 시력이 나쁜 잎새와는 다르게 안경을 쓰지 않고도 칠판에 적힌 글씨를 별 문제 없이 읽을 수 있었다. 또 신경 쓰이는 일이 있을 때마다 복통에 시달리는 잎새와 달리 그렇게 긴장해본 경험이 별로 없었다.

"날씨도 좋은데 어디 놀러가고 싶다."

하윤이 머리 위로 두 팔을 쭉 늘이며 말했다. 하복 티셔츠

밖으로 드러난 팔뚝이 벌써부터 그을려 있었다.

"나도."

잎새가 손바닥을 펼쳐 얼굴로 떨어지는 햇살을 가렸다. 잎새는 오늘 아침에도 긴 소매 티셔츠를 꺼내 입었다. 볕을 쬐지 않아 창백한 뺨에는 뾰루지가 돋아있었다.

하윤과 친해지면서 잎새는 그들 사이에 다른 점만큼 비슷한 점도 많다는 걸 깨달았다. 별을 그릴 때는 꼭짓점을 먼저 찍은 다음 오른쪽으로 선을 내려 긋는다는 것. 운동화 끈을 묶을 때는 두 번 매듭짓는다는 것. 초코 푸딩을 즐겨 먹는다는 것.

교차로에서 직진해 포플러 나무가 줄지어 늘어선 공원길을 지나면 사거리가 나온다. 그 사거리에 있는 횡단보도가 잎새와 하윤이 인사를 나누는 곳이었다.

하윤은 큰길 건너 주택가에 살았다. 잎새의 집은 큰길을 따라 네 구획을 더 걸어가야 했다. 그래서 오늘 아침처럼 비라도 내리는 날에는 아파트 공용 현관을 나서기 전 단단히 마음의 준비를 해야 했다.

하윤이 물방울이 맺힌 풀을 헤치며 앞서갔다. 잔돌을 걷어

차는 버릇 때문인지 운동화 앞코에 흠집이 나 있었다.

"놀 시간도 없는데 숙제는 언제 하지. 영어 단어는 언제 다 외우고."

목 뒤에 손을 대고 인상을 찌푸리던 하윤이 돌연 눈을 크게 뜨더니 발걸음을 멈추었다.

"하서야, 왜 여기에 혼자 있어?"

잎새가 하윤이 바라보는 쪽으로 눈길을 돌렸다. 포플러 나무가 드리운 그늘 아래로 초등학생처럼 보이는 여자아이가 걸어오고 있었다. 그 이름을 언젠가 들어본 것도 같았다.

그랬다, 하서라면 분명히 하윤의 여동생이었다. 이 시간에 여기에서 마주친 걸 보면 방과후학교를 마치고 집으로 가는 길인 듯했다. 잎새와 하윤이 다니는 먼내들 중학교는 먼내들 초등학교와 이차선 도로를 사이에 두고 마주해 있었다.

"학교에서 무슨 일 있었어? 뭔데? 왜 그러는데? 말해봐, 응?"

하윤이 동생의 어깨를 붙들고 거듭해서 물었다. 하윤의 질문에도 하서는 말없이 도리질하기만 했다. 난처한 표정을 짓고 있던 하윤이 잎새를 돌아보면서 말했다.

"동생이랑 얘기를 해봐야 할 것 같아. 이따 문자 할게."

"어, 안녕."

잎새가 얼떨떨하게 손을 흔들었다.

하윤이 동생의 손을 잡고 횡단보도를 건넜다. 자매의 모습이 골목 안쪽으로 멀어졌다.

잎새가 한숨을 쉬며 시선을 떨어뜨렸다. 온기를 머금고 한껏 부드러워져 있던 마음이 한순간에 식어버린 느낌이었다.

하윤과 헤어지고 혼자 남겨질 때마다 잎새는 왠지 벌 받는 기분이 들었다. 아무런 잘못도 하지 않았는데 큰 실수를 저지른 것만 같았다.

이런 마음을 잎새는 누구에게도 털어놓은 적이 없었다. 하윤에게조차 그랬다.

잎새가 책가방을 내려 주머니를 뒤졌다. 이어폰을 귀에 꽂고는 우산을 옆구리에 끼고 휴대폰을 만졌다.

그때 버스정류장에 정차해 있던 버스가 출발했다. 잎새는 휴대폰으로 음악을 고르는 데 신경을 쏟느라 정류장 옆 길가에 여학생들이 서있다는 걸 뒤늦게 알아차렸다. 산들 중학교 교복을 입은 학생들이었다. 산들 중학교는 먼내들 중학교보다 잎새가 사는 아파트 단지에 더 가까웠다.

걸음을 멈춘 잎새가 입술을 깨물었다. 앞니가 아프게 아랫입술을 짓눌렀다.

언제든지 스쳐 지날 수도, 만날 수도 있었다. 피할 수 있다고 스스로를 속이려고 했지만 잎새 역시 이를 잘 알고 있었다.

하나 다행인 점이라면 그 학생들은 보행 신호가 들어오길 기다리느라 잎새가 자신들을 바라보고 있다는 사실을 눈치채지 못했다는 것이다. 잎새가 허둥지둥 몸을 돌렸다. 큰길을 따라 걷는 대신 아파트 사잇길로 발길을 틀었다.

잎새에게는 아무에게도 고백하지 못한 나날들이 있었다. 조그맣게 접어 숨겨놓은 기억이 있었다. 반 아이들의 속삭임, 차가운 눈초리, 그의 주변에만 고여있던 정적.

잎새가 고개를 숙인 채로 휴대폰을 만지작거렸다. 하윤에게 메시지를 보내볼까 하다가 그만두었다.

하윤에게는 말할 수 없었다. 하윤은 모르는 일이었다. 사실 잎새 스스로도 자신에게 왜 그런 일이 일어나야 했는지 온전히 이해할 수 없었다.

그러다 가방 끈을 추스르며 생각했다. 이모의 작업실에 가자. 이모한테 차 한 잔을 부탁하는 거야. 그럼 마음이 진정될 거야.

잎새가 발걸음을 빨리했다. 아파트 단지를 가로질러 구불구불한 골목을 지나자 단층의 주택들 너머로 연회색 건물이 시야에 들어왔다.

이모의 작업실은 건물의 제일 위층인 삼층에 있었다. 오래된 그 건물에는 엘리베이터가 없었다.

잎새가 삼층에 다다랐을 때 숨은 턱까지 차올랐지만 손의 떨림은 거의 멎어있었다. 잎새가 초인종을 눌렀다. 문 가까이로 상체를 숙여보았지만 아무 소리도 들리지 않았다.

잎새가 다시 초인종을 눌렀다. 조용했다. 이런 일은 한 번도 없었는데. 이 시간이면 이모가 으레 작업실에 있어서 미리 연락을 해야 한다는 생각을 하지 못했다. 실은 마음의 동요가 커서 이모에게 작업실에 들러도 괜찮으냐고 물어야 한다는 것조차 잊었는지 몰랐다.

잎새가 이모에게 메시지를 보냈다. 답 메시지는 금방 돌아왔다.

- 약속이 있어서 잠깐 나왔어. 먼저 들어가 있을래? 비밀번호는 알지? 일 끝나자마자 돌아갈게.

잎새가 눈을 깜빡여 조금씩 차오르던 눈물을 멈추었다. 다행이었다. 이모는 곧 돌아올 것이므로. 늘 그렇듯 환하게 웃으며 잎새를 끌어 자기 앞에 앉히곤 오늘은 무슨 차를 마시겠느냐고 물어올 것이므로.

이모는 자신의 작업실을 방문하는 손님들에게 꼭 차를 대접한다고 했다. 그중에서도 잎새는 언제나 환영하는 특별한 손님이라고 했다.

잎새가 문의 잠금장치에 비밀번호 네 자리를 입력했다. 삑 하는 소리와 함께 잠겨있던 문이 열리고 안으로 걸어 들어갔다.

현관에 우산을 세워 둔 잎새가 신발을 벗고 슬리퍼로 갈아 신었다. 유리문 밖에서 빛이 새어 들어와 조명을 켜지 않았음에도 작업실 안은 은은하게 밝았다. 작업실 한편에 연결된 실외 공간 덕분이었다.

이모가 그런 공간을 중정이라고 부른다고 설명해주었다. 이모가 이 사무실을 빌리기로 결심한 것도 중정 때문이었다. 이모는 그곳에 화분 여러 개를 놓아 정원처럼 꾸며놓았다. 올해 봄 잎새는 이모를 도와 분갈이를 해보기도 했다. 잎새는 라일락 화분을 특히 좋아했다.

소파에 책가방을 내려놓은 잎새가 창문을 열었다. 마침 이웃집 지붕을 지나던 고양이가 왜 자신을 놀라게 하느냐고 항의라도 하듯 잎새를 올려다보며 큰소리로 울었다. 간혹 중정으로 넘어 들어와 이모에게 간식을 얻어먹곤 하던 얼룩 고양이였다.

잎새가 멋쩍은 미소를 지으며 물었다.

"미안. 많이 놀랐어?"

잎새의 사과는 듣는 둥 마는 둥 몸을 돌린 고양이가 지붕 끝에서 뜀박질해 자취를 감추었다. 고양이가 사라진 쪽을 바라보던 잎새가 장식장으로 다가갔다. 나뭇결이 드러난 다갈색 장식장 위에는 꽃병이 놓여있었다. 잎새는 꽃병에 꽂힌 작약을 한참 동안 들여다보았다.

장식장 옆 책상 위에는 자료집 몇 권이 펼쳐져 있었다. 그 책에는 색색의 메모지가 붙어있었다.

이모는 작가였다. 이야기를 쓰고 그림을 그렸다. 올해 봄에도 삽화가 들어간 소설책을 발표했다. 이모는 책이 출간되자마자 친구들과 함께 읽으라며 잎새에게 세 권을 선물로 주었다. 잎새는 그중 한 권을 하윤에게 가져다주었다.

책장 앞에 선 잎새가 옆걸음으로 움직이면서 손끝으로 가볍게 책등을 훑었다. 어느 날인가 이모는 나란히 꽂힌 책의 제목을 가리키면서 잎새에게 이렇게 말한 적이 있었다.

"단어들에게도 고유한 색이 있거든. 저기 책 제목을 자세히 들여다봐. 잎새야, 그 제목에서는 어떤 색이 연상되니?"

갑자기 눈이 휘둥그레진 잎새가 동작을 멈추었다. 방금 등 뒤에서 무슨 소리가 들린 것 같은데. 귀를 곤두세우고 주위를 둘러보는 순간 또 한 번 달그락 소리가 났다.

착각이 아니었다. 여기에 또 다른 누군가가 있었다. 설마 아까 그 고양이일까?

작업실 이곳저곳을 주의 깊게 살피던 잎새는 어디서 소리가 나는지 찾아냈다. 장식장 옆 외따로 설치된 선반 위였다. 그 물건은 선반 가장자리에 삐딱하게 걸쳐있었다. 한쪽으로 기울어진 채 조금씩 흔들리는 모습이 위태로워 보였다. 놀란 잎새가 허둥거리며 팔을 뻗으려는 찰나 아슬아슬한 균형을 잃은 물건이 바닥으로 사정없이 나동그라졌다.

잎새가 달려가 그 물건을 집어 들었다. 구석구석 살펴보니 다행히 깨지거나 금간 데는 없어 보였다. 이모의 작업실에 이런 상자가 있었던가? 안에 뭐가 들어있는 거지?

한 손으로 들 수 있는 크기의 나무 상자였다. 모서리는 둥글게 다듬어져 있고 표면은 거친 느낌이라곤 없이 반들반들했다.

특히 잎새의 눈길을 끈 건 위쪽에 있는 기다란 틈이었다. 두꺼운 종이 네댓 장을 한꺼번에 넣을 수 있을 만한 너비였다. 뚜껑이 달려있지 않은 데다 각 모서리가 빈틈없이 맞물려 있어서 내부를 보기는 힘들 듯했다.

잎새가 의아한 눈초리로 상자를 주시했다. 이 상자를 본 적이 있는 것 같은데 기억이 날 듯 말 듯했다. 그러다 힘차게 고갯짓하며 중얼거렸다.

"이 상자를 가져가야겠어."

어쩌다 그런 마음을 품게 됐는지 잎새 스스로도 알 수 없었다. 하지만 그의 내면에서 들려오는 목소리는 너무나 크고 확고했다. 잎새가 확신에 찬 말투로 되뇌었다.

"이 상자는 내 거야. 집으로 가져가자."

그러곤 책가방에 상자를 넣고 곧장 이모의 작업실을 빠져 나왔다.

3

《사용 설명서》

잎새가 초조한 눈빛으로 뒤를 돌아보았다. 모든 것이 이전 그대로였다. 오후의 골목은 한산했고 그에게 눈길을 주는 사람은 없었다. 속에 든 물건의 무게 때문에 밑이 조금 처진 카키색 책가방은 처음 멨을 때와 마찬가지로 잎새의 어깨에 얌전하게 매달려 있었다.

그럼에도 잎새는 왠지 모를 불안감을 떨칠 수 없었다. 이모의 작업실에서 나온 이후로 책가방이 어깻죽지 위로 반 뼘 정도 떠있는 느낌이었다. 마치 키가 큰 누군가가 가방을 몰래 잡아당기는 것 같았다.

터무니없는 생각이라는 걸 알면서도 잎새는 이후에도 여러 번 발걸음을 멈추었다. 고개를 돌려 책가방이 같은 자리에 있음을 확인한 뒤에야 발길을 재촉했다. 그런데도 책가방이 그를 잡아채 하늘로 훨훨 날아오르는 광경이 뇌리를 떠나지 않았다.

아파트 단지를 지날 때 아주 먼 곳에서 새가 날개를 파닥거리는 소리를 들은 것도 같았다.

집에 도착하자마자 잎새는 방으로 들어가 문부터 걸어 잠갔다. 엄마는 오늘 퇴근이 늦을 것이라고 했다. 창문에 커튼까지 꼼꼼하게 친 후에야 잎새는 책가방을 내려놓을 수 있었다. 평소보다 두 배는 빠르게 뛰는 듯한 심장 박동을 의식하면서 가방의 지퍼를 열었다.

잎새의 조바심이 무색하게 상자는 책가방 안에 가만히 들어앉아 있었다. 잎새가 상자를 꺼내 책상 위에 내려놓고는 팔짱을 꼈다. 상자를 요리조리 관찰하며 입술을 잘근거리다 퍼뜩 얼굴을 들었다. 그 상자를 어디에서 봤는지 기억이 났다.

잎새가 책장으로 걸어가 소설책이 꽂힌 칸을 훑다 책 한 권을 뽑아 쥐었다.

올해 봄 이모가 발표한 책이었다. 잎새는 받자마자 얼른 읽어야지 다짐하며 그 책을 책장에 꽂아두고는 어느새 그 사실마저 잊고 있었다. 정작 잎새에게 한 권을 선물 받은 하윤은 벌써 다 읽었다고 했다. 이모가 작가라니 부럽다면서 책에 대한 감상을 들려주었다.

그 책의 제목은 《마음 수거함》이었다. 표지에 다섯 글자의 제목이 필기체로 우아하게 적혀있는 가운데 다갈색 나무 상자가 하늘 높이 떠올라 있는 장면이 그려져 있었다. 표지의 그림 역시 이모의 작품이었다.

표지 그림 속 상자는 이 순간 잎새의 책상에 놓인 바로 그 상자라고 해도 믿을 수 있을 만큼 닮아있었다. 다른 점이라면 책 표지의 상자에는 투명한 날개가 달려있으며 붉은색 리본이 둘러져 있다는 것 정도랄까?

책을 받쳐 든 잎새가 상자를 내려다보았다. 상자가 같은 자리에 머물러 있음에 안도하면서 《마음 수거함》을 읽기 시작했다.

*

지금으로부터 머지않은 과거, 한 도시에 한 소녀가 살았어요. 그 도시는 평범했고 그 소녀도 평범했어요. 소녀가 품은 고민 역시 어느 정도는 평범했을 거예요. 하지만 그 소녀에게는 자신의 고민이 전혀 평범하지 않았어요. 아주 특별하게 고통스러웠죠.

고민이 생긴 이후로 소녀는 전보다 덜 평범해졌어요. 말수가 줄고 웃는 일도 드물어졌죠. 하지만 고민에 대해 고민하는 것이 고민을 작아지게 하지는 못했어요. 오히려 평범했던 고민을 한없이 크고 무겁게 만들었어요.

그러던 어느 날이었어요. 어제보다 한층 슬프고 우울해진 소녀에게 한 친구가 다가와 귀띔했어요.

"잠들기 전 방의 전등을 세 번 켰다가 꺼봐. 그런 다음 창문을 활짝 열고 속삭이는 거야. '오늘 밤 제게 선물을 보내주세요'라고. 그럼 그 물건이 배달될 거야. 믿기 힘들다고? 어렵지도 않은 일인데 한번 시도해봐서 나쁠 건 없잖아?"

소녀가 대답을 하기도 전에 친구는 자리를 떠났어요. 소녀는 그 친구의 얼굴을 기억할 수 없었어요. 소녀가 눈여겨볼 새도 없이 교실에 있던 다른 친구들 사이로 감쪽같이 숨어버렸거든요.

그날 밤 소녀는 침대에 누워 친구가 해준 말을 되새겼어요. 이불 속에서 이리저리 뒤척이다 더는 참지 못하고 몸을 일으켰어요.

침대에서 내려와 벽 쪽으로 걸어갔어요. 전등 스위치에 손가락을 갖다 대고 방의 전등을 세 번 켰다 껐어요. 딸깍 딸깍, 딸깍 딸깍, 딸깍 따알깍.

커튼을 걷고 창문을 활짝 열어젖히자 꽃향기를 머금은 바람이 불어왔어요. 마침 봄이었거든요. 그 바람이 소녀의 내면에 용기를 불러일으켰는지도 모르겠어요. 소녀는 불쑥 말하고 말았어요.

"오늘 밤 제게 선물을 보내주세요."

그때 아주 먼 곳에서 희미하게 날개가 파닥거리는 소리가 들렸어요. 하지만 아무것도 보이지는 않았어요.

소녀는 창문을 닫고 이불 속으로 다시 들어갔어요. 잠은 잡았나 싶으면 달아나버렸죠. 잠의 뒷모습만 좇는 듯하던 소녀가 마침내 그의 손을 잡았을 때였어요. 똑 똑 하는 소리. 잠결에 둔해진 소녀의 귀에도 분명하게 들렸어요. 그 노크 소리는 창문 밖에서 들려온 게 틀림없었어요.

소녀가 창문을 열었을 때 창문턱에는 정말로 어떤 물건이 올려져 있었어요. 붉은색 리본이 둘러진 나무 상자였어요. 상자를 방안으로 들인 소녀가 리본을 풀었어요. 상자 위에는 《사용 설명서》라는 제목의 책 한 권이 놓여있었어요. 소녀는 곧바로 책을 펼쳐 들었어요.

책에 따르면 그 상자의 이름은 마음 수거함이래요. 거기에는 "괴로웠던 순간에 대해 써넣으면 그때의 마음이 수거된다"는 내용과 함께 이런 주의 사항이 적혀있었어요.

1. 하루에 한 번만 사용하세요.

2. 상자를 열지 마세요.

3. 다른 사람에게 이 상자의 존재에 대해 알리지 마세요.

위 사항을 지키지 않으면 문제가 생길 수 있습니다.

*

순간 잎새는 놀라 책을 떨어뜨릴 뻔했다. 주머니 속에서 휴대폰이 울리고 있었다. 전화의 발신자는 이모였다. 잠깐 고민하던 잎새가 어쩔 수 없다는 듯 전화를 연결했다.

"여보세요?"

라는 인사를 내뱉기 무섭게 이모가 연이은 질문을 쏟아냈다.

"왜 말도 없이 가버린 거니? 무슨 일이라도 있어? 잎새야, 작업실에 아무도 없어서 걱정했잖아."

"어, 이모, 그게."

잎새가 우물거렸다. 어떤 식으로든 꾸며낼 수 있을 거라고 생각했지만 이모의 목소리를 듣고 있자니 무슨 변명을 해야 할지 막막했다.

잎새가 더듬더듬 덧붙였다.

"저기 있잖아, 친구랑 약속이 생겨서. 이모도 하윤이 알지? 하윤이가 어딜 좀 가자고 해서. 급하게 나오느라 문자도 못 남겼네. 미안해, 이모."

"아무 일 없는 거지? 정말 괜찮은 거지?"

"나는 괜찮아, 진짜로."

잎새의 설명에 안도한 듯하던 이모가 이내 조심스러운 말투로 물었다.

"그런데 잎새야, 혹시 작업실에서 상자 하나 못 봤니? 장식장 옆 선반에 놓여있었을 텐데."

"어, 무슨 상자? 나는 못 봤는데."

아무렇지 않게 대답하기는 했지만 잎새는 그 질문을 듣자마자 눈앞이 하얘지면서 현기증이 일었다.

이모의 전화를 받기 전까지만 해도 잎새는 그 상자를 갖는 것을 당연하게 여겼다. 그 상자는 자신의 것이라고, 오래전부터 그렇게 결정돼 있었다고 생각하면서.

하지만 그 순간 잎새는 똑똑히 깨달았다. 이모의 소지품을 허락도 받지 않고 멋대로 집으로 가져온 것이다. 그건 변명의 여지없는 도둑질이었다.

잎새가 입술을 물어뜯었다. 지금 이모가 잎새의 얼굴을 볼 수 없어서 얼마나 다행인지 몰랐다. 그랬다면 잎새가 거짓말을 하고 있다는 걸 한눈에 알아보았을 테니까.

그러나 잎새의 염려와 달리 이모는 그 이상 캐묻지 않았다. 도리어 묘하게 가벼워진 듯한 어조로 이렇게 말했을 뿐이다.

“흠, 그래. 참, 잎새 너 우산 두고 갔더라. 다음에 잊지 말고 챙겨 가.”

“알겠어.”

잎새는 조만간 다시 놀러가겠다는 얘기를 마지막으로 전화를 끊었다.

어설픈 거짓말을 하느라 긴장한 탓인지 온몸에 힘이 빠

졌다. 팔을 늘어뜨린 잎새가 책상을 돌아보았다. 상자는 여전히 같은 자리에 놓여있었다. 잎새가 형광등 아래 은은한 윤기를 흘리는 상자를 바라보며 한숨 비슷한 소리를 냈다.

그때 창가에서 똑 똑 하는 소리가 났다. 놀란 듯 몸을 움츠린 잎새가 창가로 가 커튼을 젖혀보았다. 창문 밖에는 아무것도 없었다. 그럴 수밖에. 잎새의 집은 아파트 십칠층이었으니까.

책 때문일 거야. 책을 너무 열심히 읽어서 그래. 머리를 가로저은 잎새가 굳은 표정으로 책상 서랍을 열었다. 뒤죽박죽 섞여있던 학용품을 치우고 안쪽 깊숙이 상자를 밀어 넣었다. 굳게 닫힌 서랍 속에 어둠이 내렸다.

4

첫 번째 쪽지

알람이 울렸다. 잎새가 머리끝까지 이불을 뒤집어 썼다. 잠시 후 끈질긴 알람 소리에 진저리 내며 이불을 걷어찼다. 이불 밖으로 나온 머리는 헝클어져 있고 찡그린 눈가에는 졸음이 묻어있었다.

잎새가 알람을 끈 휴대폰을 침대 가장자리에 툭 하고 던져놓았다. 침대에 다시 드러누워서는 두 손으로 얼굴을 가리고 중얼거렸다.

"아, 일어나기 싫다."

알람 소리가 사라진 뒤에도 귓가에서 맴도는 듯했다. 잎새는 이불 속으로 도로 파고들었다. 더 자고 싶기도 했지만 거실로 나가 엄마와 마주할 생각을 하니 괜스레 짜증이 나서였다.

엄마는 어젯밤 늦게 귀가했다. 현관문을 열고 들어와서는 피로 때문인지 착 가라앉은 목소리로 잎새의 방문 앞에서 여러 번 대화를 시도했다.

"잎새야, 자니? 왜 문자 답 안 했어? 잎새야, 잎새야."

그때 잎새는 불 꺼진 방에 누워있었다. 잠들지 않았으면서도 엄마의 물음에 대답하지 않고 입을 꾹 다물고 있었다. 이불을 턱까지 끌어올리고 화난 얼굴로 야광별 스티커가 붙은 천장을 쏘아보았다.

엄마는 올해 초 십 년 넘게 근속했던 회사에서 퇴사하고 이직을 감행했다. 새로운 직장은 지하철 두 정거장 거리에 있던 이전 직장과 달리 집에서 멀었다. 오고가는 교통편도 불편해 자연히 출근은 빨라지고 퇴근은 늦어질 수밖에 없었다. 하지만 급여와 복지가 이전 직장과는 비교할 수 없을 만큼 좋다고 했다.

한참을 뭉그대던 잎새가 마지못해 이불에서 나왔다. 지각을 하지 않으려면 이제는 학교에 갈 준비를 해야 했다.

아빠와 이혼하고 엄마는 예전만큼 우울해하지 않았다. 최소한 잎새가 느끼기에는 그랬다. 언젠가 엄마와 나란히 앉아

예능 프로그램을 보던 잎새는 소리 내 웃으며 곁을 돌아보았다가 머쓱해진 적이 있었다. 바로 옆에서 엄마가 울고 있었다. 소리를 내지 않고 재빠르게 손만 움직였던 걸 보면 잎새가 눈치채기 전에 눈물을 닦으려던 것이 분명했다. 하지만 잎새는 엄마가 울고 있다는 걸 너무나 명확하게 알아차릴 수 있었다.

아빠는 몰랐다. 엄마가 힘들어하고 있다는 걸 알 정도로 집에서 오랜 시간을 보내지도 않았으니까.

아빠는 늘 바빴다. 삶에서 우선순위를 결정해야 하는 사안이 생기면 잎새와 엄마를 제일 먼저 제쳐두는 듯했다. 가족과 함께하는 시간을 중요하게 여기는 엄마와는 정반대였다.

그 외에도 엄마와 아빠는 많은 면에서 달랐다. 예를 들어 아빠는 고장 나거나 오래 된 물건을 미련 없이 버리는 쪽이었다. 그런 것들은 이미 쓸모를 다한 뒤였으니까.

반면 엄마는 고쳐 쓰는 쪽을 먼저 궁리했고 손에 익은 소지품들을 아꼈다.

잎새는 스스로 엄마와 아빠를 절반씩 닮았다고 믿었다. 자기 안에 그토록 다른 둘이 동시에 존재한다는 것이 신기하기도 했다.

요 근래 엄마는 행복해 보였다. 회사가 멀어 힘들다고 투덜거리면서도 하나도 괴로워 보이지 않았다.

거짓말하지 마, 엄마. 그렇게 가뿐한 표정을 짓고 있다니. 어떻게 그럴 수 있어? 나는 하나도 괜찮아지지 않았는데. 잎새는 그런 엄마를 볼 때마다 심술이 났다.

이혼을 준비하는 동안 아빠는 잎새에게 자신과 함께 살지 않겠느냐고 한 번도 묻지 않았다. 부모님은 물론이고 어른들 모두 잎새가 엄마와 지내는 걸 당연하게 받아들였다.

같은 집에서 살 때는 무관심하게 굴었으면서 이혼 후 아빠는 잎새에게 종종 전화를 걸어 이런저런 질문을 던지곤 했다. 어떤 친구들과 친한지, 지난 주말에는 뭘 했는지, 중학교 수업은 어렵지 않은지.

한편 잎새의 입장에서도 지금의 아빠가 이전보다 편해진 면이 있었다. 매일 얼굴을 맞대고 지내지 않아서일까?

잎새는 아빠가 밉지 않았다. 가끔 자신이 아빠를 따라갔으면 어땠을까 상상해보기도 했다. 더는 이곳에 살지 않는다면, 전혀 다른 환경에서 새롭게 시작할 수 있었다면.

반면에 엄마에 대한 감정은 나빠지기만 했다. 잎새는 엄마를 비밀스럽게 조용히 미워했다.

잎새가 안경을 집어 쓰고 방문을 열었다. 식탁 앞에 서있던 엄마가 잎새가 방에서 나오는 것을 알아차리고 몸을 돌렸다.

“일어났어, 딸?”

“응.”

잎새가 고개를 숙인 채로 엄마의 옆을 지났다. 엄마가 잎새를 바라보며 말을 이었다.

“식빵 구워놨으니 잼 발라 먹어. 딸기잼 네가 좋아하는 걸로 새로 사놨어. 달걀 프라이도 남기지 말고.”

“응.”

“어제 이모 작업실에 갔었다며?”

“금방 나왔어.”

잎새는 엄마 쪽은 보지도 않고 의자에 털썩 걸터앉았다. 포크를 집어 달걀 프라이를 찌르는 것으로 이쯤에서 얘기를 끝내고 싶다는 의사를 에둘러 표시했으나 엄마는 눈치도 없이 계속 물었다.

“혹시 하윤이랑 싸웠니?”

"아니거든!"

잎새가 대뜸 말소리를 높였다. 가방을 메려던 엄마가 흠칫 동작을 멈추었다. 눈가가 떨리는 것이 웃는 표정을 유지하기 위해 안간힘을 쓰고 있는 듯했다.

"그럼 다행이고. 먼저 나갈게. 이따 저녁에 봐."

현관문 여닫히는 소리가 들리는 와중에도 잎새는 말없이 식빵만 뜯어먹었다. 주스가 담긴 잔을 내려놓는 손놀림이 거칠었다. 절반 넘게 남긴 달걀 프라이를 쓰레기통에 쏟아부은 다음 욕실로 들어가 세수를 하고 양치질을 했다. 교복으로 갈아입고 방을 나서기 직전 뒤돌아 책상 서랍을 바라보았다.

그 서랍 속에 잎새의 비밀이 숨겨져 있었다.

잎새는 이모의 작업실에서 상자를 훔쳤다. 그것도 모자라 거짓말까지 했다.

잎새는 죄책감이 즐거움과 함께 온다는 사실을 난생 처음 깨달았다. 그 같은 깨달음이 잎새의 마음에 미묘한 물결을 일으켰다.

그날은 아침부터 날씨가 화창했다. 이어폰을 꽂고 노래를 들으며 걷다보니 기분이 조금씩 나아지는 듯도 했다.

먼내들 중학교는 잎새의 집에서 제일 가까운 학교는 아니었다. 잎새가 사는 아파트 단지의 학생들은 대체로 산들 중학교를 선호했다. 하지만 잎새는 1순위로 먼내들 중학교를 지망했고, 그 학교에 배정받았다는 걸 알게 됐을 때 무척 안도했다.

잎새가 횡단보도를 건넜다. 걸음을 뗄 때마다 등 뒤에서 책가방이 들썩였다. 바쁘게 발길을 옮기며 머릿속으로는 수업 시간표를 되새겼다. 1교시가 수학, 2교시가 국어, 3교시가 사회…… 그러고 보니 수학 숙제가 있었는지 기억나지 않았다. 잎새는 학교에 도착하자마자 확인해야겠다고 다짐하면서 천천히 햇살 속으로 나아갔다.

작년 가을, 잎새가 다니던 학원을 모두 그만두겠다고 말했을 때 엄마는 이렇게 물었다.

"한창 중학교 공부를 따라가야 할 시기에. 왜 그래, 잎새야. 혹시 엄마 아빠가 이혼한 것 때문에 그래?"

그런 질문이 돌아올 것이라고 짐작은 했다. 하지만 잎새는 그 즉시 입을 다물었다. 엄마와 어떤 대화도 나누고 싶지 않았다. 자칫 한마디라도 했다가는 마구 화를 내며 울어버릴 것 같았다.

며칠 뒤 엄마는 잎새를 불러 못 이기겠다는 듯 그러라고 허락하고 말았다. 대신 몇 가지 규칙을 지켜달라고 부탁했다. 매일 인터넷 강의를 듣고 수업 진도에 맞춰 문제집을 풀 것. 숙제를 미루지 말 것. 메시지에 응답해야 하는 경우를 제외하곤 정해진 시간에만 휴대폰을 사용할 것.

그날 이후로 잎새는 벌써 반 년 넘게 학원에 가지 않았다. 그토록 오래 다녔던 미술 학원에도 발길을 끊었다. 어차피 중학교에 입학하면 계속 다니기 힘들지 않았겠느냐고 스스로를 위로했다. 처음에는 하루에도 몇 번씩 메시지를 보내며 귀찮게 굴던 엄마도 지금의 상황에 웬만큼 익숙해진 듯했다.

지난겨울 잎새는 거의 집안에 틀어박혀 지냈다. 용건이 없는 한 혼자서는 이모의 작업실 외에 어디로든 외출하지 않았다.

그래도 중학교에 입학한 다음부터는 사정이 조금 나아졌다. 하윤 덕분이었다. 하윤은 학원을 마치고 나오는 길에 잎새에게 같이 놀자며 메시지를 보내곤 했다. 잎새는 매번 고민하고 주저하면서도 하윤의 제안을 거절하지 못했다.

야구 모자를 눌러쓰고 나가 하윤과 함께 상가를 돌아다녔고 문구점을 구경했으며 음료수를 사먹었다. 지지난주 토요일에는 공원에서 자전거를 타기도 했다.

그런 잎새의 변화를 눈치챈 듯 엄마는 떠보는 것처럼 넌지시 하윤에 대해 물었다.

"그 친구는 어디 살아? 언제 집에 한번 초대하지 그래?"

그럴 때마다 잎새는 엄마의 시선을 피하며 답을 얼버무렸다. 엄마가 어떤 염려를 하는지 모르는 건 아니었다. 하지만 엄마의 질문에 일일이 설명하고 싶지 않았다.

더군다나 잎새는 혼자 보내는 시간이 괴롭지만은 않았다. 잎새는 그림 그리기를 좋아하고 만화책 읽기를 즐겼다. 근래 새로 생긴 또 하나의 취미가 있다면 바로 컬러링북에 색칠을 하는 것이었다.

지난 두 계절을 지나면서 잎새가 사 모은 컬러링북은 책장 한 칸을 가득 채우기에 이르렀다. 올해 봄 생일선물로 고른 것도 유성색연필 24색 세트였다. 잎새가 즐겨 사용하는 색연필은 열 자루 남짓. 대개가 옅은 색들이었다. 분홍색과 연두색, 하늘색과 연보라색 같은 색들.

잎새는 연보라색 형광펜을 아꼈다. 잠을 설쳐 피곤한 날에는 연두색 새 무늬가 그려진 분홍색 양말을 신었고 좋은 일이 생길 듯한 날에는 하늘색 펜으로 필기를 했다.

반면 원색은 잎새를 두렵게 했다. 빨간색은 공격적으로 보였다. 남색은 침울했고 노란색은 경솔했으며 회색은 의심스러운 느낌이 들어 쉽사리 좋아할 수 없었다. 이모는 단어들이 고유한 색을 띠고 있다고 했지만 잎새가 생각하기론 풍경들 역시 그랬다. 잎새는 세상을 원래 색과는 전혀 다른 색, 경이와 환희와 위로의 색으로 해석할 수 있었다.

때론 컬러링북에 색칠하듯 주변 풍경을 덧칠해보기도 했다. 오늘의 구름은 주황색, 무관심한 얼굴은 청회색, 서두르는 발소리는 자주색, 침묵이 자아낸 긴장은 검보라색.

다행히 그로부터 며칠간은 별다른 사건이 벌어지지 않았다. 잎새는 조금씩 마음에 안정을 되찾았다. 그런데도 그날 산들 중학교 학생들과 마주친 버스정류장 인근을 지날 때마다 자신도 모르게 발걸음을 주저했다.

다가올 주말을 앞두고 느긋해져 있던 금요일 등굣길이었다.

이어폰에서 흘러나오는 노래를 따라 흥얼거리던 잎새가 휴대폰을 확인했다. 메시지가 도착했다는 알림이 떠있었다.

- 나 학교 도착. 얼른 와. 심심해.

하윤이 보낸 메시지였다. 잎새가 얼른 답 메시지를 써넣었다.

- 금방 갈게.

휴대폰을 주머니에 넣으려다 무심코 그 자리에 멈추었다. 맞은편 인도에 긴 머리의 소녀가 서있었다. 그 여학생은 산들중학교 교복을 입고 있었다. 잎새는 순간 무릎에 힘이 풀려 주저앉을 뻔했다. 비틀거리며 뒤돌아서서는 뛰기 시작했다.

잎새가 교실 문을 열고 들어서자 다른 친구들과 떠들고 있던 하윤이 손을 들며 다가왔다.

"금방 온다며? 왜 이렇게 늦었어?"

"미안."

잎새가 빨갛게 달아오른 얼굴을 하고 우물거렸다. 장난기 어린 표정을 지운 하윤이 걱정스러운 말투로 물었다.

"잎새야, 너 괜찮아?"

"어?"

"식은땀을 흘리고 있는 것 같은데. 어디 아파?"

"아니, 나는 괜찮아."

잎새가 가방을 벗어 책상 옆에 걸었다. 주먹을 쥐어 떨리는 손끝을 감추었다.

"잠을 못 잤어? 어제 늦게까지 웹툰 봤구나? 그렇지?"

생글거리던 하윤이 상체를 숙여 잎새의 귓가에 속삭였다.

"나 오늘 누구랑 같이 등교했는지 알아? 3반 개랑 오는 길에 딱 마주친 거 있지."

무심결에 고개를 끄덕이고는 있었지만 잎새는 하윤이 무슨 말을 하고 있는지 알지 못했다.

하굣길에 잎새는 큰길에서 먼 골목으로 돌아갔다. 끊임없이 주위를 둘러보는 눈길이 불안해 보였다.

그날 저녁 같은 문제를 몇 번이나 반복해 읽던 잎새가 이래서는 안 되겠다는 듯 펼치고 있던 문제집을 덮고 책상 서랍을 열었다. 일주일여 만에 꺼낸 상자는 여전히 비밀을 간직한 것처럼 보였다.

상자를 책상 위에 올려놓은 잎새가 책 한 권을 가져왔다. 이모의 책 《마음 수거함》이었다. 책장을 넘겨 주인공 소녀의 집에 붉은색 리본이 둘러진 상자가 배달되는 장면을 다시 찾아 읽었다.

《사용 설명서》에는 이렇게 적혀있었다.

“괴로웠던 순간에 대해 써넣으면 그때의 마음이 수거된다.”

잎새가 책상 위 상자를 곁눈질했다.

지난 일 년 가까이 잎새는 충분히 괴로웠다. 그 마음에서 벗어날 수 있다면. 제발 그럴 수만 있다면.

잎새가 메모지 한 장을 떼어냈다. 살짝 접힌 귀퉁이를 손가락으로 꾹꾹 눌러 편 다음 동글동글한 글씨체로 써넣었다.

- 저는 초등학교 6학년 때 같은 반이었던 아이들과 마주치는 게 괴로워요. 오늘 아침 그 애와 만났던 순간의 마음을 수거해주세요.

가로 세로로 두 번 접은 메모지를 상자 위쪽의 투입구에 밀어 넣었다. 대구루루, 종잇조각이 굴러 떨어지는 소리가 났다.

잎새는 상자 안에서 들려오는 소리에 한참 동안 귀를 기울였다.

5

우당퉁탕

잎새는 그날 이후로도 여러 번 산들 중학교 학생들과 마주쳤다. 그 학생들이 몇 학년인지 잎새를 아는지 모르는지는 분명하지 않았다. 잎새를 봤는지 못 봤는지조차 확실하지 않았다. 그럼에도 잎새는 매번 불안해하며 뒤돌아섰다. 다 지난 일이라고 스스로를 타일러보았지만 소용없었다.

잎새는 한때 무척 좋아하고 신뢰했던 친구가 자신에게 어떻게 등을 돌렸는지 기억했다. 아무도 없이 텅 비어있던 교실과 혼자 견뎌야 했던 정적도. 그런 저녁마다 잎새는 책상 앞에 앉아 쪽지에 펜으로 또박또박 두어 문장을 쓴 다음 접어 마음 수거함에 밀어 넣었다.

그러면 마음을 어지럽히는 감정의 색이 옅어지는 느낌이

들었다. 보라색에 아주 약간의 흰색을 섞었을 때처럼. 그 역시 보라색이라고 불러야겠지만 처음의 보라색보다는 밝아지는 것처럼.

그렇다고 미움과 두려움과 슬픔의 색이 모두 지워진 건 아니었다. 아무리 다른 색을 덧칠한다고 해도 이미 칠한 색은 밑바탕에 남아있었으므로.

그러다 주말이나 별문제 없이 학교를 다녀온 평일에도 쪽지를 써넣기 시작했다. 지난 목요일에는 엄마에게 짜증을 낸 일에 대해 써넣었고 금요일에는 벤치에서 낮잠을 자는 고양이를 깨운 일에 대해 써넣었다. 이번 주 월요일에는 실수로 옆 반 남학생의 발을 밟은 일에 대해 써넣기도 했다.

그 상자에 습관처럼 마음을 써넣는 일이 잎새의 외면에 눈에 띄는 변화를 불러온 건 아니었다. 잎새는 여전히 잎새였다. 초코 푸딩을 자주 사먹었고 교과서 귀퉁이에 판다 그림을 그려놓았다. 교과목 중에 체육을 제일 싫어했고 수학과 음악을 좋아했다. 무안할 때는 앞머리를 만지작거렸고 긴장할 때는 입술을 깨물었다.

그래서 주변 누구도 잎새가 달라지고 있다는 걸 알아채지 못했다. 겉으로 보기에는 전과 비슷한 잎새였으니까. 하지만 잎새 스스로는 자신의 내면에 어떤 힘이 작용하고 있다는 걸 느끼고 있었다. 이는 아주 미세한 변화였다.

엄마 역시 그런 잎새를 염려하기보다는 요사이 딸의 태도가 누그러졌다며 안도하는 눈치였다.

단 하나의 예외가 있다면 하윤이었다. 그날 오후 교문을 나서면서 하윤이 한 마디를 꺼냈을 때 잎새는 얼결에 걸음을 늦추고 말았다.

"잎새 너, 예전이랑 좀 달라진 것 같아."

"내가? 어떤 면에서?"

잎새가 묻자 하윤이 머리를 갸웃거렸다.

"글쎄, 내가 아는 이잎새 같지 않다고 해야 하나. 무슨 고민이라도 있어?"

"아니."

잎새는 순간 하윤에게 지금까지 벌어진 일들에 대해 모조리 털어놓고 싶은 충동을 느꼈다. 하지만 그걸 어떻게 설명할 수 있을까? 내게 상자가 하나 생겼다고, 그 상자는 괴로웠던 순간의 마음을 수거한다고, 거기에 쪽지를 써넣었다고, 첫 번째 쪽지에 써넣은 일은 내가 작년에 겪은 사건과 관련이 있다고.

하윤은 그런 잎새를 답답하게 여기는 듯했다. 길 위에 놓인 돌멩이를 걷어차면서 또 한 번 물었다.

"정말? 나한테 말하고 싶지 않아서 그런 건 아니고?"

"아냐. 진짜 없어."

눈살을 찌푸린 채로 잎새의 얼굴을 유심히 살피는가 싶던 하윤이 씩 웃으며 재잘거렸다.

"어제 수학 학원에서 시험을 쳤는데 너무 많이 틀려서 엄마한테 한소리 들었잖아. 오늘 저녁에는 꼼짝없이 붙들려서 공부하게 생겼다니까. 학교에서 공부하고 학원에서 공부하고 집에서 또 공부를 해야 하다니. 이게 말이나 돼?"

그런 뒤에도 한동안 학교와 학원과 부모님에 대한 불만을 늘어놓던 하윤이 눈을 동그랗게 뜨고 그 자리에 멈추었다.

"큰일 났다. 동생이랑 학교 끝나고 만나기로 했는데. 잊고 있었어."

"동생이랑? 왜?"

"동생이 친구 생일 선물 고르는 걸 도와달라고 했거든."

잎새는 하마터면 물을 뻗했다. 잊고 있었던 게 확실하냐고. 나랑 있는 게 따분해져서, 더는 같이 시간을 보내고 싶지 않아서 변명하는 건 아니냐고.

"미리 말 안 해서 미안. 이러다 늦겠다. 먼저 갈게."

휴대폰 시계를 확인한 하윤이 포플러 나무 사이로 달려 나가며 손을 흔들었다.

"안녕."

마주 손을 흔들던 잎새는 하윤이 시야에서 사라지기도 전에 먼저 몸을 돌렸다. 그러다 슬그머니 뒤를 돌아보았을 때 하윤은 이미 보이지 않았다.

잎새가 입술을 베어 물었다. 대낮의 거리에서 엉엉 우는 짓 따위는 하고 싶지 않았지만 코끝이 시큰거리는 게 금방이라도 눈물을 쏟을 것 같았다.

누군가와 사이가 나빠진다는 건 상상만으로도 잎새를 두렵게 했다. 잎새는 하윤에게 털어놓고 싶었다. 하윤아, 나는 너와 말다툼을 벌이고 싶지 않아. 너는 내게 정말 소중한 친구야. 너와 친해져서 내가 얼마나 기뻤는지 너는 아마 모를 거야.

그런 한편으로 묻고 싶었다. 내가 나 같지 않다니 나 같다는 게 대체 뭐야? 하윤아, 네 눈에 나는 어떤 사람으로 보이니?

질문은 또 다른 질문으로 이어졌다. 내가 수거함에 버린 마음들은 어디로 가는 걸까? 어느 외딴 곳에 다시 버려지는 걸까?

학교에 다녀온 이후 잎새의 일과는 대체로 비슷했다. 간식을 먹었고 문제집을 풀었으며 인터넷 강의를 시청했다. 해야 할 일을 적당히 마친 뒤에는 컬러링북을 꺼내 색칠을 했다. 사자의 코에는 은색을, 양철 나무꾼의 심장에는 청록색을 칠했다. 얼마 뒤 색칠하기도 피곤해지자 컬러링북이며 색연필을 어질러놓은 채로 휴대폰을 쥐고 소파에 가 누웠다.

하윤과 둘이 만든 채팅방에 들어가보았다. 채팅은 어제 저녁을 마지막으로 끊겨있었다. 잎새가 하윤의 프로필 사진을 눌렀다. 아이스크림을 치켜든 손 두 개가 찍혀있었다. 딸기 맛은 잎새의 것이었고 바닐라 맛은 하윤의 것이었다. 하윤은 그날 사진을 찍자마자 곧바로 프로필 사진을 교체했다.

잎새가 고민에 잠겼다. 하윤에게 먼저 메시지를 보내봐야 할까? 이 시간이면 영어 학원이 끝났을 텐데. 조바심 내지 말고 더 기다려보는 게 좋을까?

그러다 하윤이 학원에서 어떻게 지내는지 잘 모른다는 데 생각이 미쳤다. 나 말고도 친구가 많겠지? 올해 초 이사를 와서 아는 사람이 거의 없다고 해도 하윤이는 성격도 좋고 긍정적이니까 누구와도 잘 지낼 거야.

하윤이 자신이 아닌 다른 아이들과 어울리는 상상을 하자 갑자기 우울해졌다. 외면하듯 휴대폰 화면을 끈 잎새가 소파에서 일어나더니 테이블 앞에 자리를 잡고 컬러링북에 있는 힘껏 색칠을 하기 시작했다.

그날 엄마는 평소보다 일찍 퇴근했다. 현관문을 열고 들어오면서 "딸, 나 왔어!" 소란을 피우더니 실내복으로 갈아입고 나와서는 저녁을 준비하겠다며 수선을 떨었다.

"실력 발휘 제대로 할 테니 기대하고 있어."

고개를 끄덕인 잎새가 리모컨을 쥐고 소파에 앉았다. 텔레비전에서 웃음소리가 흘러나오는 동안 주방에서는 한숨과 비명이 번갈아 들렸다.

"앗, 뜨거워!"

"행주, 행주가 어딨지?"

그런 엄마가 신경 쓰여서인지 잎새는 무의식적으로 자꾸만 텔레비전 채널을 바꾸었다. 어떻게든 솜씨를 부리려고 애쓰는 눈치였지만 엄마가 만든 음식은 늘 그렇듯 어딘가 어설펐다. 잎새가 괜찮다고 사양하는데도 엄마는 이 반찬 저 반찬 숟가락에 올려주며 권했다.

"이 나물 좀 먹어봐. 이런 걸 먹어야 건강해지는 거라고."

입맛도 없는 상태에서 엄마의 잔소리에 일일이 대꾸하며 저녁을 먹었더니 체한 것처럼 속이 거북했다. 엄마가 과일 접시를 치우고 설거지를 했다.

잎새가 자리에서 일어나자 엄마가 등 뒤에서 목소리를 높였다.

"벌써 들어가게?"

"응. 들어가서 자려고."

"나랑 같이 텔레비전이라도 좀 봐주지."

엄마가 은근히 사정해보았으나 잎새는 무심하게 방으로 걸어갔다.

"좀 피곤해서."

엄마가 젖은 손을 포갠 채로 중얼거리다시피 말했다.

"그럼 어쩔 수 없고. 잘 자."

방문을 닫은 잎새가 긴 숨을 몰아쉬었다. 사실 지금 당장 잠자리에 들고 싶을 만큼 피곤한 건 아니었다. 그보다는 엄마와 단둘이 시간을 보내고 싶지 않다는 게 솔직한 마음일 것이었다.

잎새는 엄마가 자신을 위해 노력하고 있다는 사실이 싫었다. 엄마에게 왜 이렇게 화가 나는지 고민하고 싶지 않았다. 엄마를 위해 조금도 애쓰고 싶지 않았다.

책상 앞에 앉은 잎새가 스탠드 불을 켜고 서랍을 열었다. 마음 수거함을 꺼내 책상 위에 올려놓고 손바닥으로 가볍게 토닥였다. 오늘 하루는 어땠어? 절친한 친구에게 인사를 건네는 것처럼.

그런 다음 쪽지 한 장을 가져왔다. 파란색 바탕에 흰색 구름이 그려진 메모지는 하윤에게 선물 받은 것이었다. 펜은 초록색으로 골랐다. 오늘은 왠지 그 색이 어울릴 것 같았다.

자세를 고친 잎새가 동글동글한 글씨체로 메모지에 글을

써넣었다.

- 오늘 하윤이가 고민이 있느냐고 물었을 때 아무 일도 없다고 대답을 피했어요. 그 순간의 마음을 수거해주세요.

가로 세로로 두 번 접은 메모지를 투입구에 밀어 넣었다. 상자 안에서 대구루루, 종잇조각이 굴러 떨어지는 소리가 났다.

한결 홀가분한 얼굴로 책상을 치우던 잎새가 기분 나쁜 생각이라도 떠오른 것처럼 이맛살을 찡그렸다. 불현듯 이걸로 괜찮을까 하는 의심이 들었다. 고작 쪽지 한 장 써넣는 것만으로 안심해도 될까? 내 마음 속 어둠은 아주 살짝 옅어졌을 뿐 지워지지 않았는데.

문득 궁금해졌다. 이 상자에 쪽지 한 장을 더 넣는다면 무슨 일이 벌어질까?

주의 사항을 잊은 건 아니었다. 하지만 잎새는 자신의 내면에서 들려오는 소리를 무시할 수 없었다. 그 목소리는 이렇게 주장했다. 별일이야 있겠어? 그렇게 무서워할 필요 없어. 그건 단지 너를 겁주기 위한 문구니까.

그러고 보면 《사용 설명서》에서도 문제가 생길 수 있음을 지적했지 그것이 어떤 문제인지 설명하지는 않았다. 그러니까 아주 사소한 문제일 수도 있지 않을까? 뾰루지가 덧나는 수준의 매우 일상적인 문제라든지.

펜을 잘근거리던 잎새가 고민 끝에 두 번째 메모지를 꺼냈다.

- 저는 하윤이의 기분을 상하게 하고 싶지 않아요. 만약 하윤이가 한 말 때문에 제가 화가 났다면 그런 마음은 필요하지 않아요. 그러니까 그 순간의 마음도 가져가주세요.

잎새는 펜을 내려놓고 메모지를 접었다. 또 한 번의 대구루루 소리. 마음 한 조각이 멀어지는 소리.

잎새가 마른침을 삼키며 마음 수거함을 응시했다. 그로부터 십여 분이 지나는 동안에도 상자는 묵묵히 같은 자리를 지키고 있을 따름이었다.

흐음, 두 번째 쪽지까지는 괜찮은 걸까? 그럼 몇 번째 쪽지를 넣었을 때부터 문제가 생기는 거지?

잎새가 충동적으로 메모지 한 장을 더 꺼내 왔다.

- 오늘 저녁 엄마에게 못되게 굴었는데요…….

또 한 번의 대구루루 소리. 그러나 그 후에도 수거함은 침묵했다.

이럴 수가. 내가 속았어. 주의 사항 같은 건 다 헛소리였다고. 평소답지 않게 분통이 치민 잎새가 메모지 뭉텅이를 우그러뜨렸다. 몇 장인지도 모를 메모지를 투입구에 억지로 욱여넣는 순간 상자 안에서 가느다랗게 소리가 났다.

당황한 잎새가 몸을 뒤로 뺐다. 잠시 고민하는가 싶더니 집게손가락으로 살짝 상자를 밀어보았다. 그 즉시 상자가 펄쩍 뛰어올랐다.

화들짝 놀란 잎새가 자리에서 일어났다. 바퀴 달린 의자가 책상 옆으로 굴러갔다.

이제 마음 수거함은 본색을 숨기려는 노력조차 하지 않았다. 보란 듯이 펄쩍펄쩍 뛰면서 책상 위를 돌아다녔다. 잎새가 안절부절못하며 손톱을 물어뜯었다. 설마 이 상자, 그날 이모의 작업실에서도 혼자 움직이고 있었던 거야?

그때 책상 모서리에 위태위태하게 걸쳐있던 수거함이 우당퉁탕 시끄러운 소음을 내면서 바닥에 나가떨어졌다. 그 즉시 투입구가 있는 위쪽 면이 벌어지더니 엎질러진 물처럼 시커먼 그림자가 드리워졌다. 그와 함께 무수한 쪽지들이 한꺼번에 쏟아져 나왔다.

잎새가 허둥지둥 뒷걸음질했다. 쪽지들은 끝도 없이 나왔다.

나는 이렇게 많은 쪽지를 써넣은 적이 없는데. 이것들은 다 뭐지?

쪽지들이 계속 쏟아지면서 수거함 밖으로 드리워진 어둠 역시 커지기 시작했다. 사람 하나는 대수롭지 않게 집어삼킬 정도로 커다란 구멍 같았다. 어느새 쪽지들은 잎새의 무릎 높이까지 차올라 있었다. 겁을 먹은 잎새가 휴대폰을 낚아챘다.

목이 터져라 고함을 질렀어야 했는데. 그랬다면 엄마가 방으로 들어와 잎새를 구해주었을 텐데. 하지만 잎새는 그 순간 엄마를 불러 도움을 요청하는 대신 하윤에게 전화를 거는 쪽을 선택했다.

불어난 쪽지들이 잎새를 에워쌌다. 잎새는 쪽지들에게 떠밀려 제자리에 버티고 서있기도 힘들 지경이었다.

신호음이 끝나고 하윤의 목소리가 들렸다.

"여보세요? 잎새야, 듣고 있어? 왜 말이 없어?"

"수거함이, 마음 수거함이…… 안 돼."

잎새가 의자 등받이에 부딪치며 휴대폰을 놓쳤다. 동시에 몸의 균형을 잃고 상자에서 뻗어 나온 어둠 속으로 순식간에 끌려 들어갔다.

1

마지막 남은 하나

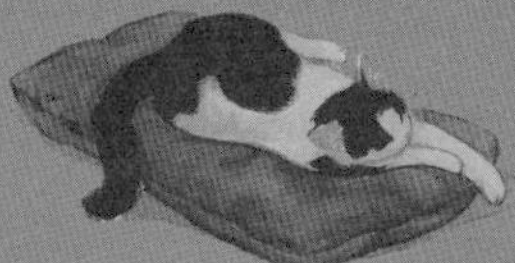

"으아아아!"

잎새가 터뜨린 비명이 끝도 없이 메아리쳤다. 잎새는 물결처럼 밀려오는 쪽지들에 휩쓸려 어디인지 모를 곳으로 미끄러져 내려갔다.

하도 소리를 질러서인지 목이 다 쉴 지경이었다. 설마 이게 꿈은 아니겠지? 현실이 맞겠지? 머리를 감싼 손을 내린 잎새가 뺨을 꼬집어보았다. 아파서 눈물이 찔끔 나왔다.

이건 꿈이 아니야. 엄연한 현실이라고. 잎새가 눈을 부릅뜨고 침을 꿀꺽 삼켰다. 용기를 내 팔을 뻗고 손가락을 스치는 감각에 집중했다.

어둠으로 빚어진 듯한 그 길은 둥글었으며 말랑말랑하

면서도 탄력이 있었다. 그래서 정수리며 무릎을 부딪치며 구르는 중에도 다치지 않은 거구나. 그런 생각을 하니 왠지 살짝 마음이 놓였다. 하지만 그 순간에조차 잎새는 아래로 계속 미끄러져가고 있었다.

그때 오른쪽 옆구리 쪽에서 무언가 움직이는 것 같았다. 팔을 당기고 상체를 들자 옆구리 밑에 눌려있던 쪽지가 굴러나왔다. 어둠 속에서 그 쪽지는 희게 빛났다.

"저런, 미안해."

잎새가 사과하자 쪽지가 접힌 자국을 펼쳤다 접으며 파닥거렸다. 마치 잎새의 말을 알아듣는 것 같았다.

"이 정도 일이야 이젠 놀랍지도 않네."

중얼거린 잎새가 아래쪽 한 지점을 응시했다. 이 길은 어디로 이어지는 걸까? 어떻게 이런 길이 생겨난 거지?

시선을 돌린 잎새가 바로 옆에서 함께 미끄러지던 쪽지 하나를 집어 들었다. 그 쪽지 역시 희미한 빛을 머금고 있었다. 자세히 보니 무지개 그림이 그려진 종이 가장자리가 바래 있었다. 이건 내가 쓴 쪽지가 아닌데. 더군다나 이 쪽지에는 아무 글씨도 적혀있지 않잖아?

안경을 고쳐 쓴 잎새가 쪽지를 눈 가까이로 들어 올렸다. 그러자 쪽지가 이런 행동은 실례 아니냐고 항의하듯 그의 손을 떠나 포르르 날아가버렸다. 빛이 쪽지가 지나간 자리를 하얗게 덧그렸다. 잎새가 머쓱해하며 혼잣말했다.

"미안. 그렇게 싫어할 줄은 몰랐어."

잠시 후 길이 휘어지는가 싶더니 둘로 나뉘었다. 잎새는 어느 한쪽을 선택할 겨를도 없이 빙그르르 돌면서 왼쪽 길로 흘러 들어갔다. 쪽지들이 파닥거리면서 잎새를 뒤따랐다.

그 뒤에도 길은 둘 또는 그 이상으로 나뉘기를 반복했고 그럴 때마다 잎새는 엎어지고 넘어지고 휘돌기도 하면서 그 중 하나를 타고 내려갔다. 방향이 바뀌면서 경사가 완만해지기는 했으나 아래로 떨어지고 있다는 사실만은 변함없었다.

잎새는 한결 편안한 자세로 속도에 스스로를 맡겼다. 자신의 의지로 할 수 있는 일이 거의 없다는 걸 인정하고 나니 될 대로 되라는 생각마저 들었다. 그건 정말이지 평소 잎새답지 않은 태도였다. 그 역시 마음 수거함을 사용하면서 일어난 변화 중 하나였을까?

그때였다. 먼 곳에서 하얗게 깜빡이는 점이 보였다. 쪽지들이 경고라도 하듯 파닥거렸다. 그 점은 급속도로 커지면서 밝아졌다. 잎새가 신음을 삼키며 허둥거렸다. 길이 끝나는 거야. 멈춰야 해. 이쯤에서 멈춰야 한다고.

하지만 아무리 애써도 속도가 늦춰지지 않았다. 잎새는 동그랗게 번지는 빛을 향해 쏜살같이 나아갔다.

"으아아!"

쏟아지는 빛 속에서 잎새는 거칠게 바닥에 나가떨어졌다. 엉덩이가 욱신거렸지만 쪽지들이 아래에서 받쳐준 덕분에 충격이 예상만큼 크지는 않았다. 잎새가 흩어진 쪽지들을 돌아보며 인사했다.

"고마워. 너희들 덕분에 살았어."

쪽지들이 우쭐해하며 파닥거렸다.

잎새가 코끝에 걸린 뿔테 안경을 올렸다. 하도 오래 쓰고 다닌 까닭에 이제는 신체의 일부나 다름없이 느껴지는 그 안경은 잎새가 상자 안으로 끌려 들어와 정체불명의 길을 미끄러져 내려오는 동안에도 부서지거나 튕겨 나가지 않고 귓바퀴에 잘 걸려있었다.

안경테에서 손을 뗀 잎새가 안도의 숨을 내쉬었다. 다행이야. 안경을 잃어버리지 않아서.

현기증이 가시면서 주변 광경이 한층 또렷하게 시야에 들어왔다. 그때 잎새는 자신이 앞으로 움직이고 있다는 사실을 깨달았다.

잎새는 컨베이어 벨트 위에 앉아있었다.

한눈에 보기에 그곳은 공장 같았다. 천장은 높은 데다 무척 넓었으며 벽은 알록달록한 색으로 칠해져 있었다. 컨베이어 벨트는 그 공간을 반으로 가르다시피 하며 이어져 있었다. 양옆에는 용도를 알 수 없는 기계들이 늘어서 있었는데 윗부분이 접힌 채로 멈춰있던 은빛의 장치들에서 왠지 모를 위압감이 느껴졌다.

레일이 경사진 탓에 잎새의 상체가 뒤로 쏠렸다. 잎새가 앉은 자세에서 목을 빼 자신이 어디로 향하고 있는지 확인해보았다. 컨베이어 벨트가 끝나는 곳에 큼지막한 수조가 놓여있는 것이 보였다.

컨베이어 벨트에 실려온 물건들은 바로 그 지점에서 수조 속으로 떨어지도록 고안돼 있었다. 그 수조는 복잡한 구조의 유리관과 연결돼 있었다.

순간 잎새는 놀라다 못해 피가 식는 기분이 들었다. 수조의 겉면에 잎새도 익히 아는 표시가 그려져 있었다. 노란색과 붉은색이 교차하는 테두리. 그 안의 검은색 글씨. 위험 물질.

잎새가 서둘러 몸을 일으켰다. 어서 이 위에서 내려가야 했다.

무릎을 굽힌 잎새가 컨베이어 벨트의 가장자리로 기어갈 때 날카로운 경고음과 함께 바로 옆 기계가 작동했다. 어리둥절해하는 잎새의 얼굴 앞으로 은빛 물체가 나타났다. 금속으로 만들어진 그 물체에는 커다란 렌즈 한 쌍이 부착돼 있었다.

은빛 물체가 잎새의 주위를 돌면서 여러 각도로 구부러졌다. 렌즈 안 조리개가 조금씩 작아졌다.

곧이어 기계가 접혀 올라가더니 다시 한번 경고음이 터져 나왔다.

“감정을 할 수 없습니다! 감정을 할 수 없습니다!”

“네? 뭐라고요?”

잎새가 당황해 더듬거리는 사이 컨베이어 벨트가 방향

을 바꾸었다. 레일이 재조립되면서 앞뒤로 흔들렸다. 잎새가 멀어지는 수조를 바라보면서 가슴을 쓸어내리려는 찰나 또 다른 기계가 움직이기 시작했다.

천장에 달린 스피커에서 냉정할 만큼 사무적인 목소리가 흘러나왔다.

"비상조치 일단계. 소독을 실시합니다."

"소, 소독이요?"

잎새가 영문을 모르겠다는 듯 우물거렸다. 그런 잎새의 반응을 무시하듯 기계에 부착된 분사구에서 액체가 뿜어져 나왔다. 느닷없는 공격을 당한 잎새가 눈가를 가리며 그 자리에 엎드렸다.

"으악!"

분사구가 닫히고 기계가 접히는 소리가 났다. 잎새가 조심스럽게 포개고 있던 손을 내렸다. 손가락 사이로 미끌미끌한 액체가 흐르고 있었다. 냄새를 맡아보니 달콤한 향기가 풍겼다.

이 액체의 용도는 뭐지? 설마 물비누인가? 손바닥을 내려다보며 인상을 찌푸릴 때 다음 기계가 작동했다.

"하, 하지 말아요. 그러지 말라고요."

잎새가 소심하게 항의해보았지만 기계는 들은 척도 하지 않고 인정사정없이 부착된 솔을 휘둘렀다. 그 움직임이 불쾌하다기보다는 무척 간지러웠다.

"그만, 제발 그만."

이를 뒤따르듯 다음 기계가 움직였으나 뿜어져 나온 액체는 이전과 달랐다. 세찬 물줄기가 멎고 잎새는 참았던 숨을 토하면서 늘어진 앞머리를 넘겼다. 잠옷으로 입는 체육복 상의가 흠뻑 젖어있었다.

그나마 쪽지들 중 일부는 잎새의 품에 숨어서 물세례를 피할 수 있었던 듯했다. 그런데도 방금 벌어진 일에 충격을 받은 듯 창백하게 질려있었다.

잎새가 또다시 움직이는 기계를 올려다보며 넋 나간 듯 중얼거렸다.

"나한테 도대체 왜 이러는 거예요."

뒤이어 쏟아진 건 초강력 헤어드라이어에서나 나올 법한 온풍이었다. 쪽지들이 잎새의 팔 안으로 필사적으로 파고들었다. 몇몇은 힘없이 파닥거리며 날아가기도 했다.

잎새는 비로소 자신에게 닥친 시련의 의미를 이해할 수 있었다. 이게 소독이라는 거구나.

잎새가 안경을 벗어 상의 주머니에 넣었다. 이대로 당하고 있을 수만은 없다는 생각이 들었다. 눈을 질끈 감고 바람이 불어오는 쪽으로 돌아앉았다. 손끝에 단단한 물체가 닿았다. 기계를 지탱하는 아랫부분인 듯했다.

잎새가 온힘을 다해 그 물체에 매달렸다. 바람결에 머리카락이 나부꼈다. 됐어, 이제 여기에서 뛰어내리기만 하면…….

순간 붙들고 있던 것이 뜯겨 나가면서 잎새는 호되게 엉덩방아를 찧고 말았다. 눈을 떠보니 손에 전선 한 다발이 쥐어져 있었다.

불길한 예감 속에서 잎새가 뒤를 돌아보았다. 망가진 기계에서 불꽃이 튀고 있었다. 머리 위로 여러 개의 솔이 동시에 날아들었다. 온풍이 불었다 그치고 물보라가 일고 비눗방울이 떠다녔다.

그러는 동안에도 컨베이어 벨트는 쉬지 않고 전진했다. 잎새는 쥐고 있던 전선 다발을 던졌다. 미적거리다가는 더 큰 위험에 휘말릴지 몰랐다.

잎새가 컨베이어 벨트 밖으로 뛰어내렸다. 엄마, 미안해. 나 이상한 곳으로 와버렸어. 내가 무사할 수 있도록 기도해 줘.

그러나 걱정했던 것과 달리 잎새는 놀랄 만큼 사뿐하게 바닥에 착지했다. 맨 처음 이곳에 도착했을 때처럼 쪽지들이 아래에서 받쳐준 덕분이었다.

안경을 쓴 잎새가 쪽지들에게 인사했다.

"고마워. 정말 정말 고마워."

쪽지들이 으스대는 듯한 몸동작으로 파닥거렸다.

그 사이 불꽃은 불길로 번져있었다. 연기 속에서 불티가 사방으로 흩날렸다.

"화재가 발생했습니다! 지금 당장 대피하세요!"

경고음이 반복적으로 터져 나왔으나 무슨 이유에서인지 소화 장치가 작동하지 않았다.

그때 바람에 휘말린 불티가 빙글빙글 솟구쳐 수조와 연결된 유리관에 내려앉았다. 잎새가 근심 어린 눈빛으로 수조와 그로부터 이어지는 장치들을 살펴보았다. 이제 보니 복잡한 구조로 잇닿아 있던 각 유리관의 끝에 유리병이 하나씩 부착

돼 있었다.

잎새가 실눈을 뜨고 유리병에 붙은 라벨을 읽으려고 노력했다. 분노, 미움, 외로움, 슬픔, 두려움, 불안 그리고 아마도…….

유리관 전체가 금방이라도 무너져 내릴 듯 삐걱거리더니 폭발음을 내면서 첫 번째 유리병이 깨져버렸다.

금이 간 유리병에서 검푸른 색 물질이 흘러나왔다. 그 물질은 살아있는 생물처럼 병의 겉면을 미끄러지듯 움직여 유리관을 타고 바로 옆 유리병으로 이동했다. 머지않아 두 번째 유리병에도 균열이 가는가 싶더니 벌어진 틈에서 진자주색 물질이 쏟아져 나왔다.

그 유리병의 라벨에 적힌 이름들은 분노와 미움이었다.

병 밖으로 나온 분노와 미움은 기다렸다는 듯 하나로 뒤섞였다. 그것들이 가장 먼저 공격한 것은 불이었다. 매캐한 연기를 퍼뜨리면서 불길이 한꺼번에 꺼져버렸다.

분노와 미움은 불을 집어삼키고 한층 검고 붉게 번뜩였다. 그런 다음 곧장 다른 유리병들을 공격하고 나섰다.

잎새가 멈칫거리며 내려다보니 겁에 질린 듯 그의 뒤에

숨어있던 쪽지들이 어딘가로 나아가고 있었다.

"왜 그래? 어디로 가는 거야?"

잎새가 소곤거려보았지만 대답하지 않았다. 몸부림치듯 바닥을 뒹굴며 주춤주춤 끌려 나갈 뿐이었다.

유리병들이 연이어 박살났다. 바깥 공기에 노출된 두려움이 동그랗게 방울져 굳어버린 반면 불안은 유령처럼 너울거리며 허공으로 흩어졌다. 반면 외로움과 슬픔 같은 것들은 미움과 분노에 굴복해 그들 속으로 섞여 들었다.

분노와 미움, 외로움과 슬픔 따위가 합쳐져 이루어진 형상이 꾸물꾸물 유리관을 타고 내려왔다. 쪽지들이 일제히 날아올라 그 형상을 감쌌다.

예상치 못한 상황에 난감해하며 제자리걸음 하던 잎새가 어딘가에 등을 부딪쳤다. 자칫 큰소리를 낼 뻔했지만 간신히 비명을 삼켰다.

"소리를 지르면 안 돼. 공격을 당할지도 모르니까. 저 괴물의 이름은 깜깜이야. 나도 책에서나 봤지 실제로 존재할 거라곤 생각을 못했는데."

입술 앞에 손가락을 세워 든 그 소년은 노란색 줄무늬

파자마를 입고 있었다. 방금 막 잠자리에서 빠져나온 듯 마구 헝클어져 있던 머리카락은 초록색이었다. 그것도 아주 선명한 초록색.

잎새에게 조용히 하라고 주의를 줘놓고 소년은 혼자 떠들었다.

"작업장이 엉망진창이네. 이걸 언제 다 치우지? 소화 장치는 왜 작동하지 않은 거야? 안 그래도 지난주에 몇 번이나 손봤는데."

그때 소년의 어깨 위에서 난생 처음 보는 존재를 발견한 잎새가 쭈뼛거리며 손을 들었다.

"저, 저기, 네 어깨에."

"아, 이쪽 말이야?"

소년이 손바닥을 내밀자 은빛의 물체가 그 위로 폴짝 뛰어내렸다.

"이 친구의 이름은 다시야. 내 조수지."

다시라는 이름의 그 물체는 태엽인형이었다. 은빛 금속으로 만들어진 몸체 안에서 붉은색 태엽장치가 돌아가고 있었다. 귀를 기울이면 톱니바퀴가 돌아가는 소리가 들릴 것도 같았다.

다시가 이러고 있을 때가 아니라는 듯 다급히 어딘가를 가리켰다. 소년과 잎새가 다시가 가리키는 곳으로 거의 동시에 시선을 던졌다.

그 형상은 억지로 뭉쳐놓은 찰흙 덩이 같았다. 점액질의 물질을 뚝뚝 떨어뜨리며 기이한 방식으로 꿈틀거렸다. 겉면을 빼곡히 에워싼 쪽지들이 적의를 드러내듯 뾰족하게 곤두섰다.

눈은 없었다. 하지만 한때 누군가의 마음이었던 그 형상은 다른 마음을 민감하게 감지할 수 있었다.

소년이 다시를 어깨 위로 도로 올려주며 중얼거렸다.

"안 되겠다. 일단 후퇴."

그러곤 유리관에 부착된 병 하나를 떼어내 바지 주머니에 챙겼다. 다른 유리병들과 떨어져 있던 그 병은 그 순간까지도 금 간 데 하나 없이 멀쩡했다.

이전 형상을 무너뜨린 깜깜이가 부패한 물웅덩이처럼 철벅거렸다. 소년이 문을 가리키면서 앞장섰다. 깜깜이가 위협하듯 그들 쪽으로 다가들고 있었다.

“가야 해. 뛰어.”

잎새는 자신에게 다른 선택지가 없음을 직감했다. 초록색 머리칼의 저 소년을 따라가는 것 외에는.

잎새는 있는 힘껏 문을 향해 달리기 시작했다.

2

이 세계의 일곱

잎새가 거친 숨을 몰아쉬었다. 잎새의 걸음걸이가 눈에 띄게 느려져 있었다. 소년이 그런 잎새를 다그쳤다.

"빨리 와. 서둘러야 한다고."

고개를 끄덕인 잎새가 굽히고 있던 무릎을 폈다. 흘러내린 안경을 밀어 올리고 소년이 이끄는 대로 복도를 달음질했다.

어떤 구조로 지어졌는지 파악하기 힘든 공간이었다. 문을 지나자마자 다시 문이 나오는가 하면 복도는 이상한 각도로 꺾이면서 자꾸만 이어졌다. 몇 층인지도 몰랐다. 소년이 없었다면 잎새는 그곳 어딘가에서 길을 잃고 말았을 것이다.

또 다른 문을 통과하는 즉시 칸마다 다른 색을 칠한 계단이 펼쳐졌다. 잎새가 마지막 계단에서 발을 뗄 무렵 난간 위에서 크고 검은 형상이 나타났다.

한 발 앞서 계단을 내려간 소년이 기둥 옆 버튼을 누르고는 잎새에게 손짓했다.

"저기야. 먼저 나가."

잎새가 이를 악물고 출입문을 향해 뛰었다. 잎새를 그렇게 내몰아놓고 정작 소년은 그를 따라 나오지 않았다. 오히려 출입문을 등지고 작정이라도 한 것처럼 로비 한가운데로 걸어 나갔다. 애가 탄 잎새가 고함을 질렀다.

"왜 그래? 어서 나와."

소년이 미소 띤 얼굴로 잎새를 넘겨보더니 바지 주머니에 찌르고 있던 손을 꺼냈다.

"괜찮아. 나한테는 이게 있거든."

소년이 들어 보인 물건은 얼핏 테이프와 닮아있었다. 소년이 붉은색 하트 무늬가 그려진 테이프를 바닥에 내려놓고 굴리듯 떠밀었다.

"찰싹 붙어 테이프야. 우리가 도망칠 시간을 벌어줄 거야."

어느새 깜깜이는 계단 아래에 내려와 있었다. 테이프가 기세 좋게 구르며 깜깜이에게 덤벼들었다.

닫혀가는 문 너머로 길게 풀린 테이프가 깜깜이를 휘감는 모습이 보였다.

"작전 성공이네. 잠시 동안은 괜찮을 거야."

소년이 이마에 난 땀을 훔쳤다. 다시가 소년의 어깨에 주저앉아 가슴을 쓸어내렸다.

"그래도 여기에 계속 머물러 있는 건 위험해. 테이프가 언제까지 버텨줄지도 모르고. 깜깜이는 특히 밤을 좋아하니까. 가자, 깜깜이가 따라오지 못하는 장소를 알고 있어. 오늘밤에는 거기에 숨어있어야겠어."

"거기가 어딘데?"

흥분이 가시지 않은 듯 잎새가 잠긴 목소리로 물었다.

"그렇게 멀지 않아. 내가 안내할게."

소년이 앞장섰다. 한숨 돌렸다는 듯 자세를 고치고 걸음을 내딛으려던 잎새가 슬며시 뒤를 돌아보았다.

밖에서 바라보는 공장은 초록색 지붕을 얹은 붉은색 벽돌 건물이었다. 반듯하게 구획된 대지에 노란색 울타리가 둘러져 있었다. 그 너머는 숲이었다.

흐린 눈으로 숲을 응시하던 잎새가 시선을 들었다. 밤하늘에 세 개의 달이 떠있었다. 하얗고 빨갛고 푸른 달들. 꼭 크레파스로 칠한 조약돌 같았다.

여기는 내가 사는 세계가 아니야. 나는 전혀 다른 세계에 와있는 거라고. 이미 예감하고 있던 사실이 새삼스레 두려움으로 번지면서 심장이 빠르게 뛰었다. 잎새는 가슴 위에 손을 올리고 소년을 따라 천천히 걷기 시작했다.

둘은 허물어진 종탑을 돌아 흰색 돌이 깔린 길을 따라 나아갔다. 키 작은 나무들이 심어진 길옆에는 드문드문 건물들이 세워져 있었다. 규모와 외양은 달랐지만 같은 용도를 위해 지어진 것임은 명백했다. 그것들은 모두 공장들이었다.

잎새가 생각에 잠겼다. 그렇다면 공장이 하나가 아니라는 뜻인데. 그건 무슨 의미일까?

신발을 챙길 경황도 없이 상자 안으로 끌려 들어온 터라 돌 모서리를 밟을 때마다 양말을 신은 발바닥이 따끔거렸다. 양말도 안 신고 있었으면 큰일 날 뻔했네. 잎새는 기뻐해야 할지 슬퍼해야 할지 모르겠다는 듯 도리질하며 앞머리를 넘겼다.

공장 구역을 뒤로 하고 둘은 한참 더 걸었다. 수풀이 짙어지면서 어렴풋하게 물소리가 들렸다. 숲이 들려주는 자장가 같았다.

언덕을 넘자 시야가 트이면서 저 아래로 달빛을 머금은 잔물결이 보였다. 호수였다. 소년이 잎새를 무성한 나무들에 둘러싸인 공터로 안내했다. 호숫가에 자리 잡은 터가 아늑해 보였다.

소년이 말했다.

"여기라면 괜찮을 거야. 깜깜이는 물을 무서워하니까. 물과 닿으면 모조리 녹아 없어져버리거든."

바람이 나뭇잎을 스쳐 지날 때마다 종소리가 났다. 세 개의 달이 숲에 은은한 광채를 퍼뜨렸다.

잎새가 어깨를 활짝 펴고 꽃향기를 머금은 공기를 마셨다. 이 모든 풍경이 공상에 불과하다면. 내가 잠든 줄도 모르고 깜빡 졸고 있는 것이라면.

하지만 그렇다고 믿기에는 숲에서 들려오는 소리도, 바람의 감촉도, 달콤한 향기도 지나치게 생생했다. 별빛을 담은 소년의 눈동자 역시.

"가만 있자, 아무래도 앉을 곳이 필요할 것 같은데. 계속 이렇게 서있을 수는 없으니까."

소년이 바지 주머니를 더듬었다. 주머니 밖으로 나온 손가락 사이에 다갈색 색종이 한 장이 딸려 올라왔다. 소년이 접힌 부분을 펼치자 손바닥만 했던 색종이가 전지 크기에 가깝게 커졌다.

소년이 펼친 종이를 이리저리 접어 착 하고 내려놓았다.

"앉아."

소년은 같은 색 색종이로 의자 하나를 더 만들었다. 잎새가 미심쩍은 표정으로 의자를 내려다보았다. 소년이 바로 옆 의자에 보란 듯이 엉덩이를 내던졌다.

"괜찮아. 편하게 앉아도 돼. 아주 튼튼하니까."

잎새는 그제야 의자에 걸터앉았다. 색종이로 만들어져 내심 불안했는데 팔걸이를 잡고 양옆으로 몸을 비틀어봐도 신기하게 꿈쩍도 하지 않았다.

소년이 두 손을 모으며 말했다.

"자기소개부터 하는 게 좋겠지?"

초록색 머리카락이 어둠에 물들어 짙푸른 색을 띠고 있었다. 검은 눈동자가 별처럼 반짝였다.

"내 이름은 일곱이야. 네가 무단으로 침입한 공장의 공원이자 공장장이지. 또 기술자이자 발명가이기도 해. 네 이름은 뭐야?"

"나는 잎새야, 이잎새."

잎새는 무단으로 침입했다는 표현이 거슬렸지만 이에 항의하지 않고 잠자코 이름을 밝혔다. 일곱이 물었다.

"잎새, 너는 그 세계에서 넘어온 거지?"

"그 세계라니? 그게 무슨 뜻이야?"

"작업장의 퇴출구에서 떨어졌잖아. 퇴출구는 길과 이어져 있고 길은 그 세계로 통하니까 다른 추측을 하기는 힘들겠지. 게다가 너는 이 세계의 존재들과는 달라 보이거든. 색이 옅고 희미하다고 해야 하나. 그 머리랑 옷도 그렇고."

"네 말은, 여기가 내가 사는 세계가 아니라 전혀 다른 세계라는 거야? 맞아. 그런 것 같아. 내가 보기에도 그래. 너는 나랑 달라 보이거든. 그 공장이라는 곳도 그렇고. 네 어깨에 앉아있는 태엽인형도 그렇고."

"내 예상이 맞았구나. 일이 복잡하게 됐네."

일곱이 이맛살을 찌푸렸다. 조바심이 난 잎새가 일곱의 말을 자르고 나섰다.

"저기, 미안한데 한 가지만 물어봐도 될까?"

"뭔데?"

"네 공장을 망쳐놓은 건 미안하게 생각해. 하지만 여기에 온 건 내 의지가 아니었어. 실수를 했거든. 그랬더니 상자에서 쪽지들이 쏟아져 나와서 나를 안으로 끌고 들어간 거야. 그 길이라는 곳으로 말이야. 지금쯤 집에서 나를 찾고 있을 거야. 내가 없어져서 걱정하고 있을 거라고. 일곱이라고 했지? 일곱, 나를 도와줘. 내가 원래 세계로 돌아갈 수 있는 방법을 알려줘. 부탁할게."

일곱은 다행히 잎새가 저질렀다는 실수가 무엇인지 묻지 않았다. 대신 이렇게 말했다.

"그 전에 내 이야기를 먼저 들어야 할 것 같은데."

"네 이야기? 무슨 이야긴데?"

일곱이 미소를 띠며 대답했다.

"그렇게 길지 않은 이야기야. 한번 들어봐."

이 세계가 어떻게 탄생했는지는 아무도 몰랐다. 확실한 건 일곱이 눈을 뜨기 전부터 공장은 그곳에 이미 존재하고 있었다는 점이다.

일곱이 처음 잠에서 깼을 때는 새벽이었다. 일곱은 파자마 차림으로 공장 꼭대기에 있는 자기 방 침대에 누워있었다. 이불을 걷고 일어나 슬리퍼에 발을 넣는 순간부터 자신에게 주어진 사명이 무엇인지 인지하고 있었다. 머릿속이 아주 맑고 또렷했다.

일곱은 곧장 작업장으로 내려갔다. 조명이 켜있지 않아 사위가 캄캄한 가운데 컨베이어 벨트는 멈춰있고 기계들은 정지해 있었다. 한 번도 쓴 적 없는 공구들이 벽 한편에 가지런히 걸려있었다.

일곱이 수조와 연결된 관 쪽으로 걸어갔다. 텅 빈 유리병에 손을 대보았다. 투명한 병이 그의 바람을 알아챈 것처럼 반짝하고 빛났다.

그러나 일곱이 깨어나고 몇 년이 지나도록 공장은 가동되지 않았다.

일곱은 실망하지 않고 매일 공장을 정비했다. 컨베이어 벨트를 청소했고 기계의 이음매에 기름칠을 했다. 여러 번의 시행착오 끝에 조수인 다시를 설계하고 조립하는 데 성공했다.

그날도 일곱은 아침 일찍 마음 분류기를 점검했다. 오전 일과를 마친 뒤에는 사무실로 가 책상 앞에 앉았다.

일곱의 사무실에는 책이 많았지만 그는 습관처럼 서너 권의 책을 돌려가며 읽었다. 일곱은 하도 많이 읽어서 귀퉁이가 닳은《세계 도감》을 펼쳐 들고 하도 많이 읽어서 외울 지경인 글귀를 눈으로 훑었다. 그때 문밖에서 무슨 소리가 들렸다.

일곱이 인상을 찡그렸다. 얼마 전 벌들이 침입해 벌어진 소동이 뇌리를 스쳐 지났다. 설마 또 벌이 들어온 걸까? 숲을 향해 난 창문에는 모두 덧창을 내려놓았는데. 고개를 흔들며 책상을 짚고 일어서려다 깨달았다.

이건 벌이 내는 소리가 아니었다. 일곱이 그토록 기다렸던 소리, 마음 분류기가 작동하는 소리였다.

사무실을 박차고 나간 일곱이 작업장으로 뛰어 들어갔다. 퇴출구에서 쪽지 하나가 굴러 떨어지고 있었다. 일곱은 기대에 찬 눈빛으로 쪽지가 마음 분류기를 통과하는 과정을 지켜보았다.

마음 분류기는 가장 먼저 쪽지에 적힌 글씨들을 감정했다.

해당 쪽지가 어떤 마음을 얼마만큼 지니고 있는지를 파악해야 이후 과정을 원활하게 진행할 수 있으므로. 그런 다음 이를 특별한 용액에 수차례 담가 쪽지에서 글씨들을 분리했다. 까다로운 공정을 통해 제조되는 그 용액들에는 이 세계의 마법이 응축돼 있었다. 그렇게 녹아 나온 글씨들은 유리관을 거치면서 품고 있는 마음의 종류에 따라 세심하게 분류되고 또 정제됐다. 그 단계에서 각 마음들의 색이 짙어지면서 농도가 높아졌다.

이와 같은 감정과 분류와 정제가 마음 분류기가 하는 세 가지 주요한 역할이었다. 글씨가 제거되고 빈 쪽지들은 상자에 따로 보관됐다.

그날 일곱의 작업장에 설치된 유리병에는 미움과 외로움과 슬픔 그리고 아주 적은 양의 희망이 담겼다. 어떤 괴로움에도 약간의 희망은 섞여있는 법이었으니까.

《세계 도감》에 따르면 이 세계는 그 세계를 유지하기 위해 생겨났다고 했다. 한 세계를 이룬 분노와 미움, 외로움과 슬픔, 두려움과 불안 따위가 적정 수치를 넘으면 그 세계는 멸망하게 되므로. 이 세계는 그 세계가 스스로를 보호하기 위해 부린 마법 속에서 태어났다.

일곱과 같은 존재들이 나타난 것도 같은 이유에서였다. 숫자 이름이 붙은 공원이자 공장장들은 같은 이름이 붙은 공장에서 평일과 휴일을 가리지 않고 일했다. 그들은 하나같이 성실하고 믿음직한 일꾼들이었다.

그 쪽지들을 수거하는 임무를 수행하는 것이 바로 마음 수거함이었다. 겉보기에는 평범한 상자와 닮아있었지만 내부에 이 세계와 연결된 길을 숨기고 있었다. 그래서 투입구로 들어온 쪽지들을 이 세계의 공장에 보낼 수 있었다.

마음 수거함들은 투명한 날개를 펼치고 구름 그림자에 숨어 그 세계의 하늘을 날아다녔다. 하지만 어떤 아이들은 날개가 파닥거리는 소리로 상자의 존재를 알아채기도 했다.

마음 수거함들은 대개 혼자 일했지만 소나기가 쏟아지는 날 잎이 무성한 나무 아래에서 우연히 만나 함께 빗방울을 피하기도 했다. 그러다 하늘이 개고 무지개가 떠오르면 작별 인사를 나누며 훨훨 날아올랐다. 거미줄을 뒤집어쓰거나 새떼에게 쫓기거나 굴뚝에 부딪쳐 상처를 입으면서도 포기하지 않았다. 자신을 부르는 목소리를 찾아 쉬지 않고 그 세계를 헤매었다.

한편 정제된 상태로 유리병에 수집된 마음들은 땅 속에 묻힌 관을 통해 정화 시설로 보내졌다. 마음 역시 시간이 흐르면 본래 성질을 잃기 마련이니까. 물감이 볕에 바래듯 색이 옅어지면서 나날이 가볍고 투명해졌다. 그리하여 숲과 호수로 흘러 들어가 그림자나 바람, 새벽이슬로 바뀌어 영원히 순환했다.

다만 예기치 않은 사고로 유리병이 깨져 부정적인 마음들이 밖으로 새어나오는 때도 있었다. 짙은 색에 악취를 풍기는 그 마음들은 서로 뭉쳐지려는 습성이 있었고 그렇게 몸집을 부풀려 괴물로 바뀌었다. 그 괴물의 이름이 바로 깜깜이였다.

깜깜이는 처음 만들어졌을 때의 특성 때문에 본능적으로 다른 마음에 끌렸다. 근처에 있는 마음을 닥치는 대로 먹어치우며 덩치를 키웠고 심각한 경우에는 이 세계를 파괴할 수도 있었다. 그래서 공원이자 공장장들은 마음 분류기를 부지런히 관리하는 한편 유리병들을 신중하게 다루어야 했다.

그런가 하면 다른 마음들과 달리 희망만은 유리병 속에 계속 보관됐다. 그러다 병 하나를 가득 채우는 날 공원이자 공장장들의 도움을 받아 하늘로 올려 보내졌다.

그런 이유로 이 세계에는 지금도 별자리들이 늘어나고 있었다.

"그러니까 지금 우리가 보고 있는 별들 중에는 진짜 별도 있지만 희망도 있다는 거야. 어떤 별이 진짜 별이고 어떤 별이 희망인지 구분할 수 있을 것 같아?"

일곱이 밤하늘을 가리키며 물었다. 잎새가 도리질했다.

"아니."

"사실 나도 잘 모르겠어."

일곱의 음성이 작아졌다.

"내가 올려 보낸 희망이 어디에 있는지조차 종종 헷갈리는걸. 그럼 어때. 희망은 저기 어딘가에 늘 있을 텐데."

잎새가 의자 등받이에 등을 대며 고개를 젖혔다. 가상의 선으로 별들을 이어 자신만의 별자리를 만들었다. 그 별들은 아름다우면서도 멀었다. 절대 붙잡을 수 없을 듯했다.

그래도 다행이야. 내가 떠나보낸 마음들이 아무렇게나 버려지지 않아서. 정성껏 분류되고 정제되고 정화돼서.

잎새가 코끝이 시큰거리는 걸 느끼면서 우물거렸다.

"그렇게 소중한 기계를 망가뜨리다니 미안해. 나는 그런 줄도 모르고."

"괜찮아. 고칠 수 있으니까. 한동안은 무척 바쁘겠지만."

"저기, 내가 그 세계로 돌아갈 방법은 있는 거야?"

"물론이지."

일곱이 대답하기 무섭게 잎새가 매달리다시피 물었다.

"어떻게 해야 해? 그 퇴출구인가 뭔가 하는 곳을 거꾸로 올라가면 되는 거 아냐?"

"아니. 방법은 하나야. 깜깜이를 이용하는 거."

그 즉시 잎새의 표정이 굳었다.

"깜깜이를? 그런 괴물을 어떻게 이용한다는 거야?"

"그래서 이걸 준비했지."

일곱이 주머니에서 유리병을 꺼내 들었다. 그 병은 어둠 속에서 형형한 빛을 발했다.

"이걸 깜깜이에게 먹여야 해. 그럼 깜깜이도 버틸 수 없대. 금세 녹아 흩어져버린대. 깊은 물속에 빠뜨린 것처럼."

"그 다음에는?"

"깜깜이에게서 풀려난 쪽지들에게 다리를 만들어달라고 부탁해야지. 그 쪽지들은 네가 어디에서 왔는지 기억하고 있을 테니까."

"그 병에 들어있는 게 뭔데?"

"글쎄, 뭘까."

일곱이 장난스러운 미소를 지으며 유리병을 바지 주머니 속에 도로 감추었다. 일곱의 어깨 위에 늘어져 있던 다시가 하품을 했다. 일곱이 다시를 받쳐 가슴께로 올라갈 수 있도록 도와주었다. 까치발을 하고 버둥거리던 다시가 일곱이 입은 파자마의 가슴 주머니 안으로 기어 들어갔다.

일곱이 찌뿌둥한 몸을 펴면서 의자에서 일어났다.

"시간도 늦었고 당장은 할 수 있는 일이 없으니까 오늘 밤에는 푹 쉬도록 하자."

이번에 일곱의 손에 들려 나온 건 손수건이었다. 일곱의 손끝에서 손수건은 눈 깜짝할 사이에 원뿔 모양으로 부풀어 수풀 속에 내려앉았다.

"이래봬도 준비성 하나는 철저하거든. '비상 상황에 대비해 텐트는 반드시 두 개 이상 준비한다.'《공원이자 공장장들을 위한 지침서》에 나와있는 내용이야. 내가 《세계 도감》만큼 많이 읽은 책이지."

그 말을 증명이라도 하듯 일곱이 손수건 텐트를 하나 더 설치했다.

"그만 들어가서 쉬어. 잘 자."

"응. 너도 잘 자."

인사한 잎새가 자기 텐트의 문을 열었다. 안에서 불빛이 어른거린다 했는데 위쪽에 램프가 달려있었다. 잎새는 이 세계의 마법이 몹시 놀라웠다.

잎새가 침낭을 펼쳤다. 램프를 끄고 침낭 속으로 들어가 누웠다. 무척 피곤했지만 쉽게 잠이 올 것 같지 않았다.

일곱의 초록색 머리카락, 별을 닮은 눈동자, 다시와 마음 분류기, 마음 수거함과 공장들, 이 세계와 그 세계, 깜깜이 그리고 엄마. 떠나온 곳과 다다른 곳에 대한 생각들이 머릿속을 어지럽혔다.

한참 뒤척인 끝에 잎새는 겨우 잠들었다.

3

너를 찾아

컨베이어 벨트는 멈춰있었다.

어둠 속에서 속삭임처럼 낮고 희미한 소리가 들렸다. 그 소리는 점차 크고 날카로워지더니 급기야는 찢어지는 비명으로 바뀌었다.

잠시 후 퇴출구 밖으로 책가방을 멘 소녀가 굴러 떨어졌다.

스웨트 셔츠에 청바지를 입은 하윤이 팔꿈치를 문지르며 볼멘소리를 냈다.

"무서워서 죽을 뻔했네. 그래도 다친 곳은 없는 것 같다."

팔에서 손을 뗀 하윤이 책가방을 뒤져 휴대폰을 찾아냈다. 여러 번 버튼을 눌러보았지만 휴대폰은 켜지지 않았다.

"뭐, 예상대로네."

휴대폰을 가방에 넣고 손전등을 켜보았다. 다행히 손전등은 별문제 없이 작동했다.

운동화의 끈을 고쳐 맨 하윤이 벨트 가장자리를 짚고 아래로 뛰어내렸다. 귀를 돋우고 두리번거렸지만 인기척은 들리지 않았다.

"저기요, 거기에 아무도 없어요?"

두어 발짝을 떼면서 자신감이 붙었는지 조금 더 목소리를 키웠다.

"잎새야, 어딨어? 있으면 대답해봐. 나야, 하윤이."

손전등을 비추며 작업장을 탐색하다 수조 쪽으로 걸어갔다.

"이게 뭐지? 와, 예쁘다."

허리를 숙인 하윤이 각기 다른 색을 머금은 유리병을 구경했다. 그중 가장 밝은 색을 띤 병을 손등으로 두드려보았다. 쨍강, 맑은 소리가 흘러나왔다.

그때 하윤의 청바지 뒷주머니에서 어떤 움직임이 전해졌다. 하윤이 당황스러운 듯 손전등을 쥐지 않은 손을 더듬거렸다.

작고 납작한 그 물체는 주머니에서 빠져나와 날렵하게 날아올랐다.

"야, 어디 가?"

하윤이 이리저리 손전등을 휘둘렀다.

"거기 서. 잠깐만 멈춰보라고."

하지만 그 물체는 멈추지 않았다. 새처럼 나비처럼 파닥거리며 하윤을 피해 달아났다.

4

새로운 아침

잎새가 이불 속으로 파고들었다. 머리를 숙여 작게 몸을 말고는 잠꼬대했다.

"……그러지 마. 하지 말라니까."

선잠에 든 채로 생각했다. 오늘이 무슨 요일이더라? 알람 소리를 왜 못 들은 것 같지?

잠결에 베개 옆을 훑었다. 이부자리의 감촉이 평소와 다르게 느껴졌다. 휴대폰이 잡히지 않았다. 손의 움직임이 점점 느려졌다. 잠깐 사이 다시 깊은 잠 속으로 빠져든 잎새가 새근새근 숨을 몰아쉬었다.

그러기도 잠시, 머리를 헝클어뜨린 채로 후다닥 일어나 앉았다. 눈을 동그랗게 뜨고 주변을 돌아보았다. 맙소사, 꿈이 아니었다.

여기는 잎새의 집이 아니었다. 덮고 있는 이불도 그의 방에 있는 것과는 달랐다. 잎새는 침낭에 들어가 있었다.

잎새는 벌어진 입을 다물고 찡그린 눈을 들었다. 하얗고 평평해야 할 천장이 초록색에 원뿔형으로 치솟아 있었다. 그래, 간밤에 텐트에서 잤지. 일곱이라는 아이가 손수건으로 텐트를 만들었고. 그렇게 중얼거리면서도 믿기지 않았다. 손수건을 텐트로 바꾸는 게 가능하다니.

그때 텐트 위로 자그마한 그림자가 보였다. 안경을 쓴 잎새가 텐트의 문을 열어주었다. 짐작대로 그 그림자의 주인은 다시였다.

"들어와도 돼."

하지만 다시는 안으로 들어오지 않고 옆으로 돌아서서는 뒤를 가리켰다. 그 모습이 묘하게 예의를 차리는 듯했다. 잎새가 고개를 끄덕였다.

"알았어. 금방 나갈게."

다시가 사라지고 잎새가 어깨를 축 늘어뜨렸다. 벌써 아침이 왔구나. 엄마는 내가 멀쩡히 잘 지내고 있다는 것도 모르고 걱정하고 있겠지? 하윤이는 얼마나 놀랐을까? 나 때문에 큰 소동이 벌어졌을지도 몰라. 침낭을 개며 이런저런 생각에 잠겨있자니 미간에 절로 주름이 잡혔다.

"좋은 아침이야. 잘 잤어?"

일곱이 텐트에서 나오는 잎새를 반기며 인사했다. 잎새가 일곱의 손에 쥐어진 국자를 흘끔거리며 마주 인사했다.

"어, 좋은 아침, 뭘 만들고 있었어?"

이제 보니 일곱의 복장이 어젯밤과 달라져 있었다. 일곱은 노란색 줄무늬 파자마를 벗고 같은 색 같은 무늬 점프슈트로 갈아입은 상태였는데 옷차림은 바뀌었지만 장난스러운 분위기는 별반 다르지 않아 보였다. 머리카락 역시 정전기라도 인 것처럼 부스스하던 어제보다는 훨씬 단정했지만 햇살 아래 강렬한 초록색으로 반짝였다.

"아침 식사를 준비하고 있었어. 엄청 맛있을 거야. 기대해도 좋아."

일곱이 노래를 부르듯 경쾌하게 대답했다. 과연 모닥불 위에 걸린 냄비에서 근사한 냄새가 풍겨 오고 있었다. 잎새가 물었다.

"나는 뭘 하면 돼?"

"아무것도 안 해도 돼. 잠깐만 기다려줘. 거의 끝났으니까."

일곱이 냄비 속에서 끓고 있는 수프를 저었다. 바로 옆 나무 그루터기에 앉아있던 다시가 잎새에게 손짓했다.

"어, 고마워."

인사하며 의자에 걸터앉은 잎새가 호기심 어린 표정으로 앞을 가리켰다.

"그런데 이 냄비랑 국자는 어디에서 난 거야? 새벽에 공장에 다녀왔어?"

"물론 아니지."

일곱이 젠체하는 몸짓으로 바지 옆을 툭툭 건드렸다.

"이건 비밀인데 어제 입었던 파자마는 물론이고 내가 가지고 있는 모든 바지의 왼쪽 주머니에는 길을 만들어놨거든. 쉽게 설명하면 네가 이 세계로 넘어올 때 지나온 길과 같은 거야. 그 길이 그 세계와 이 세계를 이어준다면 이 길은 내 바지 주머니와 방을 이어준다는 게 가장 큰 차이겠지. 그래서 이 주머니에 손을 넣으면 내 방에서 필요한 물건들을 가져올 수 있는 거야. 이렇게 말이지."

오른손에 국자를 옮겨 쥔 일곱이 왼손으로 주머니를 뒤적이며 혼잣말했다.

"그걸 어디에 뒀더라. 이건 아니고 이것도 아니고…… 아, 찾았다!"

일곱이 웃으며 조미료 통을 치켜들었다. 잎새가 걱정스러운 말투로 물었다.

"그래도 괜찮은 거야? 깜깜이가 네 방에 들어와 있다가 공격하기라도 하면."

"그런 걱정은 하지 않아도 돼. 깜깜이는 내 방에 들어올 수 없으니까. 공장 꼭대기에 있는 데다 문이 숨겨져 있어서 찾기 쉽지 않을 거거든."

일곱이 냄비 위에서 조미료 통을 흔들었다. 잎새는 조미료 통이 왜 주방이 아니라 방에 있는 건지 궁금했지만 차마 묻지 못했다.

요리는 금세 완성됐다. 일곱이 수프를 떠 그릇에 나눠 담았다. 잎새는 일곱과 나란히 앉아 수프에 빵을 곁들여 먹었다.

수프는 당근과 감자, 토마토와 소시지를 넣어 끓인 소박한 음식이었지만 무척 맛있었다. 잎새는 이 음식의 재료는 과연 어디에서 왔을지 의문스러웠지만 그 역시 묻지 않기로 했다.

"아, 맛있었어."

일곱이 빈 그릇에 숟가락을 내려놓으며 감탄했다. 잎새가 진심으로 동의했다.

"정말 잘 먹었어."

둘은 같이 그릇과 냄비를 치웠다. 그때 신나게 수풀을 헤치고 다니던 다시가 쓰러질 듯 비틀거리며 그들에게 다가왔다.

"이런, 깜빡 잊을 뻔했네."

다시를 손바닥에 받쳐 든 일곱이 잎새에게 부탁했다.

"잎새야, 미안한데 잠깐만 다시를 들어줄 수 있어?"

"응, 이렇게?"

잎새가 다시를 손바닥에 올려놓으며 되물었다. 맞다는 듯 고갯짓한 일곱이 다시의 등에 달린 태엽을 돌리면서 설명했다.

"보다시피 다시는 태엽인형이라서 하루에 한 번 태엽을 감아줘야 하거든. 안 그러면 움직일 수 없게 돼."

일곱이 태엽에서 손을 뗄 무렵 다시는 기운을 되찾았다. 잎새의 손바닥 위에서 발을 구르며 춤을 추었다.

잠시 후 일곱이 어젯밤 머무른 텐트에 들어가 꾸러미 하나를 가지고 나왔다.

"받아."

"이게 뭐야?"

"어제부터 네가 양말만 신고 있는 게 신경 쓰였거든. 작업장에서 신는 신발인데 네게 맞을 것 같아서. 한번 신어봐."

잎새가 미소 띤 얼굴로 외쳤다.

"고마워!"

꾸러미를 풀자 진갈색 가죽 부츠 한 켤레가 나왔다. 잎새가 양말에 묻은 흙을 털고 부츠 속으로 발을 밀어 넣었다. 부츠는 여기저기에 흠집이 났지만 밑창이며 가죽이 튼튼해 보였다.

부츠의 끈을 졸라맨 잎새가 똑바로 일어나 섰다. 부츠는 잎새의 발에 맞춘 것처럼 꼭 맞았다. 잎새가 웃음기 어린 말투로 말했다.

"이제 깜깜이가 쫓아와도 잡히지 않고 도망칠 수 있을 것 같아."

"이제 보니 너 재미있는 애구나?"

일곱이 텐트를 접으며 키득거렸다. 잎새는 일곱이 가르쳐 준 대로 의자를 접어 색종이로 되돌려놓았다. 짐을 꾸린 일곱이 잎새를 돌아보며 눈짓을 보냈다.

"그럼 출발하자."

"어디로?"

잎새가 어리둥절한 표정을 지었다. 그러자 잎새가 큰 잘못이라도 저지른 것처럼 일곱이 인상을 구겼다.

"그야 당연히 깜깜이를 찾으러지!"

"지금 당장?"

"그 세계로 돌아갈 수 있게 해달라며? 네가 없어져서 걱정하고 있을 거라며?"

"그, 그렇지만."

잎새가 말끝을 흐렸다. 차마 털어놓을 용기가 나지 않았다. 나는 그 괴물이 무섭다고. 이렇게 빨리 다시 마주할 자신이 없다고.

깜깜이를 물리쳐야 원래 세계로 돌아갈 수 있다는 일곱의 주장을 믿지 않는 건 아니었다. 잎새 역시 깜깜이에게 붙들린 쪽지들을 자유롭게 해주고 싶었다. 쪽지들의 도움을 받아 되도록 빨리 그 세계로 돌아가고 싶었다.

하지만 당장은 깜깜이의 모습을 떠올리는 것만으로도 식은땀이 흐르고 다리가 풀렸다. 깜깜이를 보자마자 그 자리에 굳어버려 꼼짝도 할 수 없을 것 같았다.

일곱이 잎새의 낯빛을 살피며 물었다.

"하룻밤 사이에 생각이 바뀐 건 아니지? 나 혼자서는 할 수 없단 말이야. 네가 꼭 도와줘야 한다고."

"아니, 그런 게 아니라."

잎새가 주저하며 덧붙였다.

"아직 아침이잖아. 오늘 하루는 많이 남았으니까."

"깜깜이가 어디에 있는지도 모르는데? 찾는 데만도 시간이 한참 걸릴 텐데."

"그, 그래도."

"내 공장은? 시간이 지날수록 복구하기 힘들어질 거야. 내가 너를 돕기로 했으면 너도 나를 돕기 위해 최선을 다해야 하는 거 아냐?"

일곱의 말투가 날카로워졌다. 잎새는 일곱이 자신에게 화를 내는 것이 불편한 한편으로 무척 속상했다.

"네 말이 무슨 뜻인지 모르는 건 아니지만."

잎새가 우물거렸다. 그때 다시가 일곱의 발아래에서 두 팔을 치켜들고 폴짝폴짝 뛰었다. 일곱이 홱 고개를 돌리고 쏘아붙였다.

"다시, 왜? 너도 재 편을 들고 싶어서 그래?"

다시가 억울해하며 도리질했다. 잎새는 다시가 가리키는 곳을 유심히 바라보았다.

나무 그림자가 흔들리고 있었다. 잎새가 잔털이 곤두선 팔을 쓸어내리며 속삭였다.

"저기 일곱, 저 앞에 뭔가 있는 것 같아."

"이런."

그제야 수상쩍은 기색을 알아챈 일곱이 다시를 어깨에 태웠다. 부스럭거리는 소리가 빨라지는가 싶더니 급속도로 가까워졌다. 발소리를 내지 않기 위해 숨죽이고 걷던 둘은 어느 순간부터 걸음아 날 살려라 뛰기 시작했다.

잎새가 앞머리에 붙은 나뭇잎을 털어내며 헉헉거렸다. 호숫가는 안전하다더니 사실이 아니었나봐. 다시가 멀미를 하는 것처럼 앞뒤로 까딱거리며 일곱이 입은 점프슈트의 깃을 움켜쥐었다.

그때 잎새가 흠칫거리며 몸을 돌리더니 걸음을 늦추었다. 일곱이 다가와 속삭였다.

“포기하기는 일러. 여기만 지나면 공장 구역이 나오니까 숨을 곳을 찾을 수 있을 거야. 멈추지 말고 움직여야 해.”

일곱의 설득에도 잎새는 점점 느려지다 못해 그 자리에 멈춰버렸다. 일곱이 쩔쩔매며 덧붙였다.

“내가 화를 내서 그래? 네 기분을 상하게 했다면 미안. 그럴 의도는 아니었어. 그래도 여기에서 당장 깜깜이를 상대할 수는 없다고. 아직 아무런 준비도 하지 않았잖아.”

그러나 일곱의 말은 들리지도 않는지 잎새가 어딘가를 바라보며 혼잣말했다.

“저 목소리는 분명히.”

“가자. 어서 가야 한다니까.”

일곱이 잎새를 떠밀어 어떻게든 그 자리에서 벗어나려고 할 때 숲 그림자 속에서 시커먼 형상이 튀어나왔다.

5

예상 밖의 만남

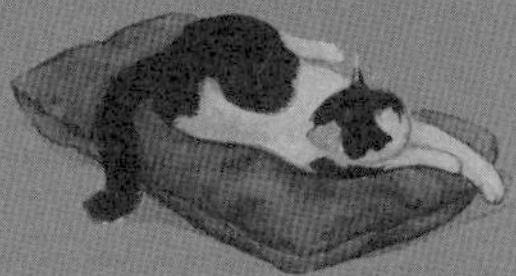

“잎새야! 이잎새!”

잎새가 제대로 들은 게 맞았다. 그건 하윤의 목소리였다. 뜻밖의 장소에서 친구와 마주한 잎새의 얼굴에 그 우연만큼 크고 환한 미소가 피어올랐다.

“하윤아!”

흘러넘치는 듯한 햇살 속에서 하윤이 잎새에게 달려왔다. 믿기지 않았지만 진짜 하윤이었다. 큰 키, 짧은 머리카락, 들뜬 몸놀림.

둘은 커다란 나무 아래에 마주 보고 섰다. 숨을 고르며 쭈뼛거리다 약속이나 한 것처럼 탄성을 터뜨리면서 서로에게 달려들었다.

잎새는 큰소리로 웃고 싶었다. 아니, 울고 싶었다. 어쩌면 둘 다일지 몰랐다. 너무 기쁘면 가슴이 벅차다 못해 왈칵 눈물이 나는지도.

잎새가 눈시울을 붉히며 생각했다. 하윤이가 여기에 와줬어. 나를 찾아 전혀 다른 세계로 넘어와줬어.

잎새의 손을 잡고 뜀박질하던 하윤이 아랫입술을 내밀며 토라진 표정을 지었다.

"하마터면 놓칠 뻔했다고. 따라잡느라 혼났잖아. 아까는 왜 그렇게 도망친 거야?"

"미안. 괴물이 쫓아오는 줄 알고."

"괴물? 괴물이 있어? 어디에?"

하윤이 주위를 살폈다. 잎새가 도리질하며 대답했다.

"아니, 여기 말고. 이 근방은 안전하대. 물을 무서워하는 괴물이거든. 오는 동안 마주치지는 않았어? 엄청 크고 무섭게 생겼는데."

"아니. 못 봤는데."

그때 하윤에게서 수상한 구석이라도 발견했는지 잎새가 눈을 가늘게 뜨고 손가락을 들었다.

"하윤아, 너 거기 그거 말이야."

"아, 이거?"

하윤이 웃으며 가방끈에 끼워져 있던 물건을 빼내 보여주었다.

"이 친구가 길을 안내해줬어. 놀랍지 않아?"

하윤의 손에 들려있던 건 네모반듯하게 접은 종잇조각이었다. 얼굴이 환해진 잎새가 되물었다.

"그거 편지잖아?"

"응, 네가 나한테 처음 써준 편지였는데. 기억하는구나?"

물론이었다. 잎새도 곰 인형이 그려진 그 편지지를 기억했다. 둘의 시선을 동시에 받은 편지가 하윤의 손바닥 위에서 날갯짓하듯 파닥거렸다. 너희들이 나누는 얘기를 다 알아듣는다는 듯이.

"네가 준 물건 하나를 챙겨 오고 싶었거든. 행운의 징표라고 해야 하나. 어쩐지 도움을 얻을 수 있을 것 같아서. 그런데 아니나 다를까, 컨베이어 벨트에서 내려와 여기저기 둘러보고 있는데 이 편지가 갑자기 혼자 움직이는 거야. 처음에는 나를 피해 달아나는 거라고 오해했는데 알고보니 너를 찾는 걸 도와주려는 거였더라고."

"그랬구나."

"공장에서 나올 때까지 얼마나 고생을 했는지. 문을 제때 찾았기에 망정이지 잘못하면 밤새도록 갇혀있을 뻔했어."

"그 공장 막 부서져 있지는 않았어?"

"아니. 엄청 깨끗했는데. 조명도 꺼져있고 아무도 없는 것 같기는 했지만."

하윤이 도착한 장소는 일곱의 공장과는 다른 곳인 모양이었다. 하윤이 일곱의 공장에 떨어지지 않아 천만다행이라고 잎새는 생각했다. 그랬다면 지금쯤 깜깜이에게 붙들려 있을지도 몰랐으니까.

"흰색 돌이 깔린 길도 끝나버리고 한참 동안 숲속을 헤매고 다녔어. 한번 지나간 길을 계속 맴도는 것 같아 걱정하고 있었는데 멀리에서 불빛이 깜빡이는 거야. 가로등은 아니고 작은 별들 같았다고 해야 하나. 그 불빛들이 지켜주는 가운데 커다란 돌들 사이에서 잠을 잤어. 마침 가방에 무릎담요를 넣어 와서 요긴하게 썼지."

그쯤에서 설명을 마친 하윤이 아까부터 자신을 흘끔거리

고 있던 일곱을 눈짓으로 가리키며 속닥거렸다.

"그런데 잰 누구야? 왜 너랑 같이 있는 거야?"

"맞다. 너희 둘 전혀 모르는 사이지."

잎새는 하윤에게 일곱을 소개하지 않았다는 사실을 뒤늦게 깨달았다.

"저 친구는 일곱이야. 내가 떨어진 공장의 공원이자 공장장이자 기술자이자 발명가래."

일곱이 재빠르게 인사를 받았다.

"안녕. 만나서 반가워. 나는 그 세계에서 또 다른 사람이 넘어왔을 거라곤 상상을 못해서. 다짜고짜 도망쳐서 미안해. 괜히 고생을 시켰네."

"뭐, 괜찮아."

그렇게까지 정중한 사과를 받을 줄은 몰랐다는 듯 하윤이 멋쩍게 웃었다. 일곱이 붙임성 있는 태도로 한쪽 어깨를 내리고 다시를 소개해주었다.

"여기는 다시야. 내 친구이자 조수지."

두 발로 균형을 잡고 선 다시가 허리를 굽혀 깍듯한 인사를 건넸다. 하윤이 미소를 띠우며 손을 흔들었다.

"안녕. 잘 부탁해."

다시를 손바닥에 받쳐 올린 일곱이 바로 뒤 나무를 돌아보면서 권했다.

"아무래도 대화를 나눠야 할 텐데 우리 잠깐만 앉을까?"

일곱이 이끄는 대로 잎새와 하윤은 커다란 나무 아래 그늘에 자리를 잡았다. 아침부터 한바탕 뛰어선지 몸이 가뿐하고 기분이 상쾌했다.

숲속 깊은 곳에서 산들바람이 불어왔다. 다시가 일곱의 손에서 내려와 잔돌에 걸터앉았다.

일곱 역시 나무 둥치에 등을 기대고 다리를 폈다. 그런 다음 하윤과 잎새를 번갈아 바라보며 말했다.

"어제 잎새에게도 설명했다시피 여기는 이 세계야. 너희가 넘어온 곳은 그 세계고. 이 세계는 그 세계가 멸망하는 것을 막기 위해 만들어졌어. 그래서 그 세계로 마음 수거함을 보내고 있지. 마음 분류기는 마음 수거함이 거둔 마음들을 감정하고 분류하고 정제하는 기계야. 내가 일하는 공장에서 운영하는 기계가 바로 그거지."

일곱이 이제부터는 네가 말할 차례라는 듯 잎새에게 시선을 던졌다.

"음, 내가 이 세계로 넘어오게 된 건 이모의 작업실에서 가져온 물건 때문이었어."

잎새가 천천히 이야기를 시작했다. 고작 몇 주 전에 벌어진 일이 아주 먼 과거처럼 느껴졌다.

"……혼자 작업실에 있는데 옆에서 달그락 소리가 들리는 거야. 처음에는 고양이가 들어왔나 했는데 아니었어."

마음 수거함을 이모의 허락을 받지 않고 몰래 책가방에 넣어 가지고 나오는 대목을 입에 올리면서는 부끄러워 낯을 붉히기도 했다. 하지만 애초 왜 이모의 작업실에 가게 됐는지, 또 첫 번째 쪽지에 뭐라고 써넣었는지에 대해서는 밝히지 않았다. 주의 사항을 어기고 수거함에 쪽지들을 한꺼번에 욱여넣었다는 얘기도 일부러 건너뛰었다. 일곱에게 비난을 받을까 두려워서였다.

하윤은 그 모든 이야기를 전해 듣고 난 뒤에도 조금도 놀라지 않았다. 오히려 충분히 예상하고 있던 일이라는 듯 이렇게 말했다.

"그래서 휴대폰에 그렇게 외친 거였구나? 그래도 마음 수거함이라는 단어를 알아들었기 망정이지 하마터면 네가 어떤 사건에 휘말렸는지 모를 뻔했어."

잎새가 놀라운 사실이라도 깨달은 것처럼 얼굴을 들었다.

"그럼 너도 그 길을 넘어온 거야?"

"책에서도 그걸 길이라고 불렀던 것 같은데. 맞아, 나도 그 길을 넘어왔어."

"네게도 마음 수거함이 있다는 거고?"

"물론. 나도 마음 수거함을 받았어."

잎새는 순식간에 눈앞이 밝아지는 기분이었다. 그래, 그랬구나, 그럴 수도 있었겠다. 수긍은 곧 감탄으로 뒤바뀌었다. 세상에, 그런 일이 가능하다니.

"너도 나한테 묻고 싶은 게 많겠지?"

무엇을 어디에서부터 설명해야 할지 모르겠다는 듯 뜸을 들이던 하윤이 머뭇머뭇 이야기를 이었다.

"잎새 네게 받은 책 얘기부터 하는 게 좋을 것 같다. 네 이모가 쓰셨다는 책 말이야.《마음 수거함》. 나는 그 책을 펼친 자리에서 한번에 읽어버렸어. 너무 재미있어서 멈출 수가 없었거든. 그런 다음 책을 덮고 고개를 들었는데……."

6

하윤의 마음

정원의 나무들이 긴 그림자를 드리웠다. 해가 지고 있었다.

하윤은 창문가에 앉아있었다. 한 손은 책 표지에 얹고 다른 손으로는 턱을 괴고 창밖을 바라보았다. 고작 책 한 권을 읽었을 뿐인데 아주 긴 시간이 흐른 것 같았다. 한 권의 책이 사람의 마음을 이렇게 뒤흔들 수 있다니 그 사실이 하윤에게는 새삼스러운 깨달음으로 다가왔다.

하윤은 책을 좋아하는 아이는 아니었다. 앉은 자세 그대로 오랜 시간 끈질기게 종이 위 활자들에 집중하던 언니나 동생과는 딴판이었다. 엄마의 감시를 받으며 책상머리에 붙들려 있을 때마다 딴생각을 했다. 아랫입술을 내밀고 연필을 돌리면서 혼자만의 상상에 몰두했다.

오늘 저녁에는 사거리에 솜사탕 파는 할아버지가 나오셨을까? 길 건너 핫도그 가게에는 손님들이 몇 명이나 와 있을까? 아르바이트를 하는 언니는 빵에 설탕 가루를 묻히고 있을까?

하윤은 공부에도 그다지 집중하지 못했다. 부모님의 권유에 못 이겨 이런저런 학원을 다니기는 했지만 멍한 눈으로 교재를 보고 있으면 하품만 나왔다. 진로에 대한 질문을 받아도 늘 머뭇거렸다. 내가 뭘 하고 싶은지가 아니라 어떤 대답을 해야 어른들의 걱정을 사지 않을지를 고민했다. 그렇다고 엄마가 추천해준 대로 '선생님'이라고 말하고 싶지는 않았다. 그건 엄마가 자신을 대신해 정해준 모범 답안이었으니까.

하윤이 《마음 수거함》을 읽기 시작한 건 그 책이 잎새가 준 선물이기 때문이었다. 잎새의 이모가 쓰셨다는 책이 어떤 내용인지 궁금해서. 정작 잎새는 아직 읽지 않았다고 했지만.

이 무렵이면 시끄럽던 주택가가 웬일인지 조용했다. 꼬마들이 골목을 누비며 고함을 지르는 소리도, 개들이 짖는 소리도 들리지 않았다. 온 세상이 하윤에게 그 책에 대해 더 상상해보라고 권하는 듯했다.

책 속 소녀처럼 나도 방의 전등을 세 번 켰다 끈다면, 창문을 열고 속삭여본다면, 내 방 창문턱에도 마음 수거함이 배달돼 있지 않을까?

뜻밖의 질문은 더 많은 상상으로 잇따랐다. 혹시 같은 반 친구들 중에 마음 수거함을 받은 아이는 없을까? 잎새는 어떨까? 잎새의 이모는 책 속 주인공 또래의 아이들에게 괴로웠던 순간의 마음을 수거하는 상자가 실제로 존재한다는 사실을 알려주기 위해 그 이야기를 쓴 건 아닐까?

말도 안 되는 생각이라는 걸 알면서도 하윤은 질문을 멈출 수 없었다. 현실은 공상과는 다른데. 마음 수거함 같은 물건이 존재할 리 없는데. 그런데도 책 속 소녀의 친구가 한 말이 귓가를 떠나지 않았다.

"어렵지도 않은 일인데 한번 시도해봐서 나쁠 건 없잖아?"

하윤에게도 버리고 싶은 마음이 있었다. 책 속의 소녀처럼 괴로워한 적이 있었다. 그 사건은 하윤은 물론이고 가족 전부를 힘들게 했다.

어느 날 아빠와 함께 외출하고 돌아온 엄마는 하윤을 식탁에 앉히고 코코아 한 잔을 타주었다. 마시멜로를 넣은 코코아는 하윤이 제일 좋아하는 음료였다. 평소와 다른 분위기를 감지한 하윤이 엄마의 눈치를 살피며 코코아를 홀짝였다.

엄마가 하윤의 손에 손을 얹으며 말문을 뗐다.

"오늘 이사할 집 계약하고 왔어. 하윤이 너 단독주택에 꼭 한번 살아보고 싶다고 했잖아, 그치? 네 방이 얼마나 크고 예쁜지 창문 밖으로 정원이 내려다보이는 거 있지. 그쪽에 책상을 놓으면 딱 알맞을 것 같았어."

엄마가 동의를 구하듯 하윤의 손등을 두어 번 토닥였다. 당황한 표정으로 입술을 달싹이던 하윤이 겨우 한 마디를 내뱉었다.

"하지만 학교는 어떻게 하고."

하윤은 중학교 입학 배정 원서를 제출한 상태였다. 친구들과 상의해 인근의 중학교들 가운데 어느 곳에 지원할지 신중하게 결정했다. 이사를 가야 한다면 초등학교를 함께 다닌 친구들과 헤어져야 한다는 뜻인데. 혼자만 생소한 도시의 낯선 중학교에 입학해야 한다는 뜻인데. 생각만으로도 싫었다.

엄마는 프리랜서니까 어디로 이사를 가든 상관없잖아. 언니는 기숙사 생활을 하니까 주말에나 집에 오고. 엄마는 나만

참으면 된다는 얘기를 하고 싶은 거잖아, 아니야?

그런 한편으로 하윤은 부모님이 이사를 결심한 이유를 이해했다. 자신이 반대한다고 상황이 달라지지 않을 것이라는 것도. 그래서 더욱 슬펐다.

이삿날. 하윤은 살림살이가 빠지고 텅 빈 아파트를 마지막으로 둘러보았다. 하윤을 찾으러 온 아빠가 딸의 어깨에 팔을 감았다. 하윤이 아빠의 팔에 옆얼굴을 갖다 댔다.

"참고 따라와줘서 고맙다, 하윤아."

하윤이 울음을 삼켰다. 아빠까지 이렇게 얘기하는 마당에 더는 아무 말도 꺼낼 수 없었다.

그렇다고 이사가 모든 문제를 해결해준 건 아니었다. 동생은 요즘도 상담선생님을 만나러 다녔다. 여전히 악몽을 꾼다고 했다.

지난해 가을 등굣길에 연락도 없이 사라진 동생은 그날 오후 집에서 한참 떨어진 공원에서 발견됐다. 발꿈치를 들고 다리의 난간 위로 아슬아슬하게 몸을 내밀고 있었다고 했다.

그로부터 두 달이 채 지나지 않았을 때 부모님은 이사라는 결단을 내렸다.

하윤은 같은 학교에 다니면서도 동생이 괴롭힘을 당하고 있다는 걸 몰랐던 자신이 한심했다. 동생을 지켜주지 못한 게 미안했다. 그래서 이사한 후에는 동생이 새로운 환경에 하루 빨리 적응할 수 있도록 돕고 싶었다.

그런데도 종종 억울하다는 생각이 드는 건 어쩔 수 없었다. 왜 나만 매번 양보해야 하느냐고 투덜거리고 싶었다. 나한테만 참고 견디기를 요구하느냐고 따지고 싶었다. 나도 아직 어린데. 어른이 아닌데.

재작년에는 과학고등학교 입학을 준비하는 언니 때문에 숨죽이고 지내야 했다. 언니는 부모님의 기대를 한 몸에 받는 딸이었다. 성격이 예민하기도 했거니와 입시를 핑계로 하윤에게 쌀쌀맞게 굴어도 야단맞지 않았다.

하윤은 심지어 그해 생일에 친구들을 집에 초대하지도 못했다. 언니가 입학전형을 치르는 날짜가 멀지 않다는 이유에서였다. 엄마는 생일은 매해 돌아오지 않느냐며 하윤을 달랬다.

"내년에는 집에서 꼭 생일 파티를 열어줄게. 대신 용돈 줄 테니까 친구들이랑 밖에서 맛있는 거 사먹어, 알겠지?"

하윤은 잎새가 외동딸인 것이 부러웠다. 자기에게는 언니도 있고 동생도 있어서 좋다고 너스레를 떨면서도 첫째도 막내도 아니고 하필이면 중간에 낀 둘째인 것이 서러웠다. 기회만 있었다면 잎새 앞에서 불평했을지 몰랐다.

"나는 항상 양보만 해. 왜냐하면 언니이고 동생이니까. 언니는 언니이기만 하고 동생은 동생이기만 한데 나는 그렇지 않거든. 언니이고 동생이거든. 그래서 두 배는 더 힘들어."

하지만 그러지 못했다. 잎새가 이 동네로 이사한 이유를 물었을 때도 아빠의 직장 탓이라며 딴소리를 했다. 동생이 겪은 사건에 대해 밝히는 것이 부담스러웠던 데다 잎새가 가족을 화제로 삼는 것을 은근히 꺼린다는 걸 눈치채서였다.

잎새는 가족 얘기를 거의 하지 않았다. 피치 않게 가정사를 소개해야 할 때도 그다지 기분 좋아 보이지 않았다.

하윤은 궁금했다. 잎새, 네게도 숨기고 싶은 일이 있니? 비밀로 간직한 이야기가 있니?

며칠 전 하굣길에 동생과 우연히 마주쳤다고 털어놓았을 때 엄마는 말했다.

"하서에게 무슨 말이든 해보라고 강요하면 안 돼. 당장은 그런 얘기조차 상처일 수 있으니까. 우리가 해줄 수 있는 건 옆에 있어주는 거야. 우리가 여기에 있다고 믿게 하는 거야. 우리 같이 하서를 기다려주자."

하윤은 잎새와 포플러 나무 길을 걸으며 생각했다. 잎새야, 나는 네 곁에서 계속 기다리고 있어.

올해 봄은 하윤의 가족 모두에게 힘겨운 계절이었다. 아빠는 새벽같이 나가 밤늦게나 귀가했고 엄마는 동생의 적응을 돕느라 바빴다.

중학교에 처음 등교하던 날 하윤은 아는 얼굴이라곤 전혀 없는 교실로 걸어 들어가며 애꿎은 손톱을 물어뜯었다. 난생 처음 입는 교복이 불편했다. 빈자리에 앉아 책가방을 정리할 무렵에야 하윤은 필통을 챙겨 오지 않았다는 사실을 깨달았다. 난감해하며 주변을 두리번거리다 옆자리 여학생에게 시선이 멎었다.

단발머리를 한 그 여학생은 다른 학생들과 말을 섞지 않고 혼자 앉아있었다. 기회를 노리던 하윤이 그 애 쪽으로 슬쩍 몸을 기울이며 말했다.

"저기, 미안한데 내가 필통을 안 가지고 와서."

"어, 여기."

여학생이 마치 준비하고 있었다는 듯 쥐고 있던 샤프펜슬을 내밀었다. 하윤이 샤프펜슬을 넘겨받았다. 그 아이의 손이 닿아있던 부분이 말랑말랑하고 따스하게 느껴졌다.

"고마워."

"고맙긴 뭘."

여학생이 기어들어가는 목소리로 대답했다. 셔츠 깃 위로 드러난 목덜미가 붉게 달아올라 있었다.

그 여학생이 잎새였다. 나중에 들어보니 잎새는 하윤이 자신에게 말을 건 이유에 대해 짐작하고 있었다고 했다.

"필통이 없는 것 같아서. 내가 먼저 필기구를 빌려주겠다고 말했어야 했는데. 미안."

잎새가 우물거리자 하윤이 장난스럽게 받아쳤다.

"그런 일로 사과하면 나는 너한테 백 번도 넘게 사과해야 할걸."

하윤은 잎새의 목소리며 말투가 좋았다. 그림 솜씨는 또 얼마나 좋은지 시간이 날 때마다 공책에 동물 그림을 그려달라며 졸라댔다. 잎새는 수줍음을 많이 탔고 별스럽지 않은 농

담에도 곧잘 웃어주었다.

어느 날 늦잠을 자는 바람에 평소보다 늦게 등교한 하윤은 책상 서랍에서 교과서를 꺼내다 책장 사이에 끼워진 편지를 발견했다. 겉면에 보내는 사람의 이름은 적혀있지 않았지만 하윤은 누가 그 편지를 썼는지 금세 알 수 있었다.

곰 인형이 그려져 있던 편지지에는 동글동글한 글씨체로 이렇게 적혀있었다.

- 너와 가까워질 수 있어서 기뻐.

하윤이 옆을 넘겨보았다. 잎새는 시치미를 떼듯 고개를 돌린 채로 한사코 교과서만 내려다보고 있었다. 뾰루지가 돋은 뺨이 발그레했다.

하윤은 그 편지를 원래 모양대로 접어 자기 방의 책상 서랍 속에 넣어두었다. 종종 서랍을 열어 스노볼과 머리핀, 엽서들 사이에 놓인 편지를 들여다보며 생각했다. 잎새야, 고마워. 나야말로 너와 친해질 수 있어서 얼마나 기쁜지 몰라. 나는 네가 정말 좋아.

책 표지에서 손을 뗀 하윤이 의자를 밀고 일어섰다. 유리

창에 비친 제 얼굴을 응시하면서 발길을 뗐다. 이야기는 그저 이야기일 뿐일까? 마음 수거함을 가질 수 있게 된다면 나는 어떤 마음을 버려야 할까?

하윤은 심장이 두근거리는 걸 느끼면서 형광등을 세 번 켰다 끈 다음 창문을 열었다.

"오늘 밤 제게 선물을 보내주세요."

조그맣게 속삭이곤 재빠르게 창문을 닫았다. 창밖에 눈길을 주지 않으려고 애쓰면서 의자를 당기고 앉아 책상에 털썩 엎드렸다. 언제까지 기다리면 될까? 지금이라도 창턱을 확인해봐야 할까? 설마 염탐 좀 했다고 줬던 선물을 도로 빼앗는 건 아니겠지?

어느 순간 깜빡 졸고 말았다. 그때 분명히 들렸다. 똑 똑 하는 소리, 그건 틀림없는 노크 소리였다.

하윤이 자리를 박차고 일어났다. 방문 너머에서 엄마가 목소리를 돋우었다.

"하윤아, 저녁 먹으러 나와. 아빠 오셨어."

"금방 나갈게."

정신을 차리려고 가볍게 뺨을 두드린 하윤이 머리를 저

었다. 그럼 그렇지. 이야기 속도 아니고 현실에서 그런 일이 벌어질 리 없잖아.

그래도 혹시나 하는 생각에 살금살금 창가로 다가갔다. 커튼이 걷힌 창문 밖을 내다본 하윤은 순간 숨이 멎을 뻔했다. 그곳엔 붉은색 리본이 둘러진 나무 상자가 놓여있었던 것이다.

"그 상자를 방에 들여놓긴 했지만 한 번도 사용하지는 않았어. 어떤 마음을 버려야 할까 매일 고민만 했지. 나중에는 쓰지도 않을 상자를 보관하고 있느니 다른 아이들에게 양보하는 게 낫지 않을까 하는 생각까지 하게 됐어. 잎새 너도 《사용 설명서》를 읽어봤으니 알겠지만 마음 수거함을 떠나보내는 방법은 아주 간단하잖아. 붉은색 리본을 묶어서 창밖에 내어놓으면 되니까. 그러면 다음 아이를 찾아 하늘로 날아오르겠지. 그런데 또 쉽게 그러지는 못하겠더라고."

하윤은 잎새가 그 상자를 가지고 있으리라곤 전혀 예상하지 못했다. 잎새가 이모의 책을 읽지 않았다고 알고 있었기 때문에.

"네가 느닷없이 전화를 해 마음 수거함이라고 말해서 얼마나 놀랐는지. 처음에는 내 귀가 잘못된 줄 알았어. 그래도 덕분에 네게 무슨 일이 일어났는지 단번에 알아챌 수 있었지. 사고로 마음 수거함이 열려버린 거라는 걸."

전화가 끊긴 뒤 하윤은 휴대폰을 확인하면서 방안을 맴돌았다. 수차례 통화를 시도했지만 잎새는 전화를 받지 않았다. 연락도 오지 않았다. 아무래도 잎새에게 문제가 생긴 게 분명했다. 안 되겠어. 내가 직접 가봐야겠어.

결단을 내린 하윤이 책가방을 끌고 와 안에 든 물건을 끄집어냈다. 빈 가방에 무릎담요를 욱여넣고 손전등도 챙겼다. 식구들 몰래 주방으로 가 쿠키와 비스킷, 젤리와 주스, 생수 따위를 숨겨 가지고 왔다. 운동화도 미리 신었다.

책가방을 메고 빠뜨린 것이 없나 살피다 서랍에 눈길이 멈추었다. 서랍을 열고 잎새에게 받은 편지를 꺼내 청바지 뒷주머니에 꽂았다. 왜인지 몰라도 그 편지가 자신을 도와줄 것만 같았다.

하윤은 마음 수거함을 받쳐 들고 옆면에 새겨진 열쇠 모양의 실금을 찾았다. 《마음 수거함》에서 주인공 소녀가 상자를 열었던 방식대로 실금을 따라 손가락을 움직였다.

하윤의 예상은 맞아떨어졌다. 상자에서 알록달록한 빛이 뿜어 나왔다. 하윤이 상자를 발밑에 내려놓자, 위쪽 면이 열리면서 빛이 사라지고 어둠이 뻗어 나왔다. 하윤은 크게 걸음을 내디뎌 어둠으로 빚어진 듯한 길을 하염없이 미끄러져 내려갔다…….

"그렇게 여기에 오게 된 거야. 잎새 너를 찾으려고. 너와 함께 돌아가려고."

"그럼 상자를 여는 방법이 따로 있었던 거야? 그 책의 주인공도 이 세계로 넘어왔고? 그래서 무슨 일이 일어나는데? 그 아이도 나처럼 공장에 떨어져? 깜깜이를 만나고?"

잎새가 눈을 휘둥그렇게 떴다. 책의 앞부분만 읽고 섣불리 덮어버린 것이 후회스러웠다.

"그런 건 아니고. 그런데 잎새야, 네가 읽지 않은 책 내용을 내가 미리 다 말해버리면 안 되지 않을까?"

하윤이 난감해하며 되물었다. 다시가 절대 그래서는 안 된다는 듯 팔짱을 끼고 고개를 저었다.

"아, 그런가."

중얼거리던 잎새가 이내 쿡쿡거리기 시작했다.

"왜 그래? 갑자기 왜 웃어?"

하지만 그렇게 묻는 하윤 역시 무심결에 잎새를 따라 웃고 있었다.

"나도 모르겠어. 그냥 웃음이 나와. 너랑 이렇게 다시 만나서인가."

"뭐야, 그래도 다행이다. 네가 웃어서."

둘은 서로를 마주 본 채로 연신 키득거렸다. 그런 둘을 곁눈질하며 일곱 역시 미소를 머금었다.

소녀들의 웃음이 나무 그늘을 밝혔다.

7

마음 정화 시설

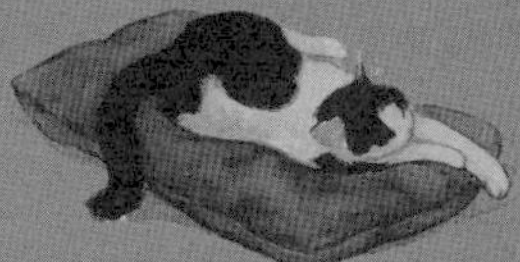

하윤이 그제야 생각났다는 듯 부스럭부스럭 책가방을 뒤졌다.

"참, 너희들 배고프지 않아? 내가 먹을 걸 좀 챙겨 왔는데."

일곱이 반색하며 되물었다.

"그 세계에서 가져온 간식이야? 나도 먹어봐도 돼? 그 세계에서는 어떤 음식을 먹는지 궁금했는데."

"그럼 당연하지. 뭐부터 먹을래?"

하윤이 종이 냅킨을 펼쳐 깐 다음 쿠키며 음료수를 늘어놓았다. 일곱이 포장지를 벗긴 아몬드 쿠키를 입에 물고 행복한 표정을 지었다. 마침 목이 말랐던 잎새는 주스에 빨대를 꽂아 마셨다.

나무 그늘 아래 모여 간식을 먹고 있자니 소풍이라도 온 것 같은 착각이 들었다. 나뭇잎 사이로 햇살이 내리 쏟아졌다. 평소라면 이맛살을 찌푸리며 피했을 그 빛이 잎새는 싫지 않았다. 온기가 따듯하게 감싸주는 것 같았다.

셋이 작은 다과회를 즐기는 동안 다시는 모험심이 발동한 듯 수풀을 헤치고 다녔다. 그러다 나뭇가지에 발이 걸려 넘어지면서 풀잎 끝에 매달려 있던 물방울에 흠뻑 젖고 말았다.

일곱이 다시를 일으켜주었다. 방금 전의 실수 때문인지 의기소침해진 다시가 일곱의 가슴 주머니 속으로 들어가 숨어버렸다.

"그래서 그 괴물을 피해 도망친 거야."

잎새의 말에 하윤이 몸서리를 쳤다.

"으으, 무서웠겠다."

잎새와 하윤의 대화를 방해하지 않으려는 듯 일곱이 조용히 자리에서 일어났다.

하윤은 깜깜이에 대해 특히 궁금해했다. 먼저 공격을 당할까 걱정스러운 모양이었다.

"물을 무서워하는 게 약점이라는 거지? 그나마 다행이네.

물가에는 오지 않는다니."

"응. 깊은 물에 빠지면 완전히 녹아 없어져버린대."

그때였다. 그들이 앉은 나무 옆을 기웃거리던 일곱이 목소리를 높였다.

"잎새야, 하윤아, 잠깐만 여기로 와봐."

"뭐야, 설마. 깜깜이가 나타난 거야?"

하윤이 허겁지겁 책가방을 챙기며 물었다. 일곱이 웃으면서 고개를 흔들었다.

"아니. 가방은 두고 와도 돼."

"후유, 깜짝 놀랐잖아."

하윤이 안도했다는 듯 책가방을 내려놓았다. 잎새가 쿠키 부스러기가 묻은 손바닥을 털면서 몸을 일으켰다.

"거기에 뭐가 있어?"

잎새가 묻자 일곱이 나무 옆에 세워진 나무판자를 두드리며 되물었다.

"네가 보기엔 이게 뭐 같아 보여?"

"음, 표지판?"

"정답."

그러나 일곱이 짚어 보이지 않았다면 잎새는 그 나무판자가 표지판임을 알지 못했을 것이다. 무성한 나뭇잎에 가려있는데다 굵다란 덩굴에 휘감겨 있어 눈에 띄지 않았던 탓이다. 오랫동안 비바람에 시달린 듯 그 표지판은 한쪽으로 살짝 휘어 있었다.

"어라, 그런데 이제 보니 무슨 그림 같은 게 그려져 있는데."

하윤이 다가와 표지판 위쪽을 가리켰다. 하윤의 말처럼 거기에는 반쯤 지워진 그림의 흔적이 남아있었다.

"제일 위에 있는 이 그림 말이야. 수조처럼 보이지 않아?"

"정말."

잎새가 안경을 끌어 올리며 대답했다. 일곱이 대화를 이어받았다.

"그 수조는 바로 마음 정화 시설을 의미해."

"마음 정화 시설?"

하윤이 숙이고 있던 허리를 펴면서 물었다. 전날 밤 일곱은 잎새에게 설명해주었다. 마음 분류기를 통과한 마음은 땅속에 묻힌 관을 거쳐 마음 정화 시설로 보내진다고.

잎새가 간밤의 대화를 되새기고 있음을 눈치챈 일곱이 머리를 주억거렸다.

"맞아. 마음 정화 시설은 마음들이 최종적으로 가는 장소야. 공장에서 감정되고 분류되고 정제된 마음은 정화 시설로 넘겨져서 정화 단계를 거치게 돼. 종류와 성질에 따라 절차가 조금씩 달라지기는 하지만 상상도 못할 만큼 긴 세월이 걸린다는 점만은 같지. 그 과정을 끝으로 아주 맑고 가벼워진 후에는 숲과 호수로 돌려보내져. 그림자와 이슬, 바람과 무지개로 바뀌어서 영원히 순환하게 되지."

일곱이 나무 옆으로 걸어가더니 내려놓았던 짐을 들어 어깨에 걸머멨다.

"어때, 같이 가보지 않을래? 나도 《세계 도감》에서나 봤지 내 눈으로 직접 확인하지는 못했거든. 공장 밖으로 나올 기회가 거의 없기도 했고. 근처를 지나는 김에 잠깐 둘러보는 것도 나쁘지 않을 것 같은데."

지금 당장 깜깜이를 찾으러 가야 한다며 화를 낼 때는 언제고 일곱은 산책이라도 나서는 것처럼 여유로워 보였다.

"좋아."

잎새가 얼른 찬성하고 나섰다. 한편으로는 하윤과 맞닥뜨리기 전 일곱과 벌였던 말다툼을 끝낼 수 있어서 기쁘기도 했다.

"나도, 나도 가보고 싶어."

하윤은 즐거워 보였다. 잎새가 하윤이 책가방을 정리하는 것을 도와주었다. 정신없이 내달릴 때는 몰랐는데 이제 보니 그들이 앉아있던 나무 옆으로 흰색 돌이 깔린 길이 나 있었다.

일곱이 앞장섰고 잎새와 하윤이 뒤를 따랐다. 숲속 깊은 곳에서 나무열매가 익어가고 있었다. 바람결에 향긋한 냄새가 실려 왔다.

흘러내린 머리카락을 넘긴 잎새가 숲 저편을 주시했다. 내면의 목소리가 그에게 끊임없는 질문을 던지고 있었다. 정말 괜찮을까? 우리는 원래 세계로 돌아갈 수 있을까?

하윤이 그런 잎새의 곁에서 나란히 걸으며 다짐했다. 걱정하지 마, 잎새야. 우리는 무사히 집으로 돌아갈 수 있을 거야.

나무들이 점차 울창해졌다. 잎새가 경계하는 눈빛으로 수풀을 넘겨다보았다. 하윤 역시 긴장한 듯 가방 끈을 꽉 붙들었다. 반면 일곱은 무척 태연해 보였다.

"이 길에 깔린 흰색 돌에는 보호 마법이 걸려있거든. 작은 불운 정도는 충분히 막아줄 수 있을 거야. 너무 걱정하지 마."

곧이어 그들은 높다란 벽 같은 숲에 다다랐다. 바로 그 지점에서 길이 끊어져 있었다.

"에, 길이 끝났는데?"

하윤이 콧등을 찡그렸다.

"잠깐만 기다려봐."

한 손을 들어 보인 일곱이 나무 사이를 주의 깊게 살피면서 덩굴을 헤쳤다.

"찾았다, 여기야."

"어디, 어디?"

일곱이 가리킨 곳을 응시하던 하윤이 이내 밝아진 얼굴로 탄성을 내질렀다.

"정말 길이 나 있잖아!"

과연 숲이 짙은 그림자를 드리운 가운데 사람 하나 간신히 지나갈 법한 오솔길이 잇대어져 있는 게 보였다. 일곱이 설명했다.

"여긴 미로 숲이라고 불려. 이곳의 나무들은 마음 정화 시설을 보호하기 위해 오랜 시간 스스로 조금씩 움직여서 깊고 울창한 숲을 이루었대. 마음을 다루는 문제에서 제일 중요한 건 뭐니 뭐니 해도 안전이거든. 나도 《세계 도감》에서 읽은 내용이야."

일곱이 따라 들어오라는 듯 손짓하면서 먼저 발걸음을 뗐다.

"괜찮을 거야. 이 미로가 어떻게 생겼는지는 속속들이 파악하고 있으니까. 《세계 도감》에 상세하게 그려져 있거든."

잎새가 내키지 않는 듯 쭈뼛거렸다. 하윤이 그런 잎새의 어깨를 살짝 건드리며 말했다.

"우리도 출발할까?"

"응."

잎새가 마지못해 걷기 시작했다. 한낮인데도 미로 숲 안은 한밤처럼 어두웠다.

손전등을 켠 하윤이 얼기설기 뒤엉킨 나무들을 돌아보며 중얼거렸다.

"잘못 들어왔다가는 빠져나갈 수도 없겠어."

좁다란 길 양편으로 나무들이 잔뜩 화가 난 거인처럼 어깨를 부풀리고 있었다. 흡사 이 세계에 초대도 받지 않고 침입한 이방인들에게 함부로 행동하지 말라고 경고하는 것 같았다.

"그럴지도 모르지. 하지만 너희들은 나와 함께 있으니까 괜찮을 거야."

일곱이 태평한 말투로 대답했다. 다시 역시 일곱의 가슴 주머니 속에 누워 발끝만 까딱였다.

하지만 잎새는 불안감을 떨칠 수 없었다. 그 오솔길에는 표지판 하나 세워져 있지 않았다. 보호 마법이 걸려있다는 흰색 돌도 깔려있지 않았다.

빛 한 줄기 새어 들어오지 않는 울창한 숲속에서 길은 예고도 없이 나뉘었다. 그럴 때마다 하윤은 어디로 가야 할까 묻는 것처럼 이쪽 길과 저쪽 길을 번갈아 비추었다. 일곱은 일말의 망설임도 없이 외쳤다.

"왼쪽!"

"오른쪽!"

"왼쪽 다음에 오른쪽 다음에 왼쪽!"

그 숲에서는 시간감각조차 흐려지는 듯했다. 언젠가부터 나무들이 저절로 움직이는 듯한 착각이 들었다. 가지를 비틀고 둥치를 흔들면서 자기들끼리 속닥이는 것 같았다. 나무의 옹이들은 그들을 감시하기 위해 부릅뜬 눈처럼 보였다.

잎새가 땀이 난 손을 맞잡으며 생각했다. 우리는 이 미로를 빠져나갈 수 없을 거야. 굶주려 쓰러진 채로 죽어갈 거야.

그러다 입을 꼭 다물고 도리질했다. 그렇지 않아. 우리에게는 일곱이 있으니까. 곧 밖으로 나갈 수 있을 거야.

다음 순간 시야가 밝아지더니 우듬지 위로 빛이 비껴 들어왔다. 온 세상이 광휘에 휩싸여 있었다. 잎새가 빛 가루를 머금은 듯한 공기를 몸속 깊숙이 들이마셨다.

일곱이 잎새를 돌아보면서 물었다.

"거봐, 내 말이 맞지?"

햇살 아래 일곱의 머리카락이 싱그러운 초록색으로 물결쳤다. 나뭇잎들이 부대끼는 소리가 마치 종을 울리는 듯했다. 그들이 시험을 무사히 통과한 것을 축하해주는 것 같았다.

미로 숲이 끝나는 지점에서부터 흰색 돌이 깔린 길이 다시 시작됐다. 그 길은 맞은편 언덕으로 잇닿아 있었다.

그 모습을 본 하윤이 기쁨에 차 달려 나갔다. 일곱과 잎새가 하윤의 뒤를 따랐다. 언덕의 꼭대기에는 흰색 돌로 지은 건물이 세워져 있었다. 그 앞을 지날 때 잎새는 어렴풋하게 기계가 작동하는 소리를 들었다.

건물을 돌아 내려가자 갈림길이 나왔다. 두 갈래로 나뉜 길에서 일곱은 오른쪽을 선택했다. 다시는 일곱의 어깨에 올라앉아 일광욕이라도 하듯 햇볕을 만끽했다.

언덕 아래에서 길은 완전히 끊겼다. 일곱이 발길을 멈추자 다시가 그의 팔을 타고 내려왔다. 잎새와 하윤이 일곱의 옆에 나란히 섰다.

흰색 돌을 쌓아 올린 단 위에 있던 시설은 표지판에 그려져 있던 그림과 무척 흡사했다. 거대한 수조 같았다.

하지만 잎새가 상상한 것과 달리 수조 속 물질은 검지 않았다. 불쾌한 냄새를 풍기고 부글부글 끓어오르면서 기름기를 띤 기포를 터뜨리지도 않았다.

정화의 최종 단계에 이른 그 마음들은 수조 내부를 고스란히 비출 만큼 아주 투명했다. 바람결에 흔들리며 은은한 무늬를 자아냈다.

그 평화를 해치기 두렵다는 듯 하윤이 목소리를 낮춰 물었다.

"저렇게 맑은 물은 난생 처음 봐. 투명한 유리 같지 않아?"

일곱 역시 공감한다는 듯 낮은 음성으로 대답했다.

"그만큼 긴 세월이 흘렀으니까. 저 안에는 분노도, 미움도, 외로움과 슬픔, 두려움과 불안도 거의 남아있지 않거든."

잎새는 두근거림을 억누를 수 없었다. 그렇게 깜깜하던 마음도 맑아질 수 있구나, 고요해질 수 있구나, 뜻밖의 깨달음이 잎새를 뒤흔들었다. 큰 희망을 발견한 듯 벅차서 가슴 위에 손을 얹고 자꾸만 심호흡해야 했다.

"애들아, 저길 좀 봐."

하윤이 조심스럽게 손을 들었다. 일곱과 잎새가 하윤이 가리키는 쪽으로 시선을 던졌다.

직육면체의 수조 아래에서 광채가 뿜어져 나오고 있었다. 그 빛은 색색의 포말을 일으키며 조금씩 강렬해지더니 곧이어 수조 전체에서 눈부신 광휘가 번지기 시작했다.

무수한 색을 반짝이며 일었다 부서지기를 거듭하던 포말의 한가운데서 커다란 무지개가 솟아올랐다. 그 무지개는 눈

깜짝할 사이에 하늘을 가로질러 어디인지 모를 곳으로 뻗어 갔다.

잠시 후 무지개가 녹아내리고 빛 또한 걷혔다. 수조는 다시 잠잠해졌다.

하윤이 직접 보고도 믿기지 않는다는 듯 눈을 깜빡였다.

"그게 뭐였어?"

"마음의 최후."

일곱 역시 방금 목격한 풍경의 여운에서 벗어나지 못한 듯 더듬거리며 덧붙였다.

"저 수조 속 마음들은 앞으로도 조금씩 바람에 실려 날아갈 거야. 공기 중에 흩어져 새벽이슬로 맺히거나 그림자로 바뀌어서 나무들과 함께 춤추기도 할 거야. 때로는 무지개로 솟구치기도 할 거야. 그러다 영영 사라져버리기도 하겠지. 하지만 어떤 마음은 결코 고요해지지 않아. 그건 그 마음들에게도 커다란 고통일 거야."

일곱이 잎새를 돌아보면서 멈췄던 말을 계속했다.

"이곳으로 정화 시설을 보러 온 건 잎새, 너를 위해서이기도 했어. 네게 용기를 북돋아주고 싶어서."

하지만 잎새는 일곱을 마주 바라볼 수 없었다. 그의 눈길을 피해 시큰둥하게 발끝만 쏘아보았다.

“저길 봐, 수조 속 마음들이 얼마나 평화로운지. 깜깜이는 물론 무시무시한 존재일 거야. 하지만 그 괴물을 만든 건 잎새 너야. 그리고 나야. 우리에게는 이 상황을 바로잡을 책임이 있어. 그래서 너와 내가 힘을 모아야 하는 거고.”

상기된 얼굴로 그 이야기를 듣고 있던 하윤이 둘 사이에 끼어들어 물었다.

“네 말은, 우리가 다 같이 그 괴물을 상대해야 한다는 거야? 깜깜이에게서 도망쳐 다니는 게 아니라?”

“맞아.”

일곱이 뚜껑이 닫힌 유리병을 하윤에게 보여주었다.

“이 병에 든 걸 먹여야 해. 그럼 깜깜이는 지금의 형상을 유지할 수 없게 돼. 물거품으로 변해 흩어져버리거든.”

“그 병에 든 게 뭔데?”

“희망.”

아, 하는 소리와 함께 하윤이 몸을 숙여 유리병을 들여다보았다. 일곱이 들고 있던 병에서 빛이 새어나오고 있었다.

"이 빛, 어젯밤에 나를 지켜준 불빛이랑 비슷해 보여."

"희망은 하늘 높이 떠올라서 별로 바뀌기도 하니까. 너를 걱정해 땅으로 내려와 하룻밤 곁에 머물렀을 수도 있지."

"진짜?"

하윤은 깜깜이를 상대해야 한다는 말을 듣고 겁을 내기는커녕 오히려 몹시 들뜬 듯했다. 깜깜이를 어떻게 찾아야 할지, 찾은 다음에는 어떻게 대처해야 할지, 자신은 어떤 역할을 맡으면 될지, 일곱에게 계속 질문을 던졌다.

"내가 깜깜이를 유인하면 네가 희망을 먹인다, 그런 작전인 거지?"

"응. 하지만 너 혼자 깜깜이를 유인하기는 힘들 거야. 워낙에 크고 난폭한 괴물이니까. 그래서 잎새의 도움이 필요해."

일곱이 대답하면서 슬그머니 잎새를 곁눈질했다. 그러나 잎새는 그들의 대화에 동참하기는커녕 아무 얘기도 못 들은 척 침묵을 지켰다.

잎새는 이런 상황에서조차 낙천적으로 구는 하윤에게 거부감을 느꼈다. 하윤아, 너는 깜깜이가 어떻게 생겼는지 보지도 못했잖아? 그 괴물이 얼마나 끔찍한지 알기는 해?

동시에 그따위 생각이나 하면서 도망칠 궁리만 하는 자신이 한심하고 싫었다.

일곱이 다시를 불러 어깨에 태웠다. 그들은 왔던 길을 되짚어 언덕을 넘어갔다. 갈림길에 이르러서는 왼쪽 길을 택해 내려갔다.

한참을 걷자 길이 끝나고 숲이 거대한 장벽처럼 그들을 가로막았다. 일곱은 어렵지 않게 미로의 입구를 찾아냈다. 안으로 발을 들이기 무섭게 어둠이 그들의 머리 위를 덮었다. 셋은 숲 그림자 속에서 더듬거리며 앞으로 나아갔다. 하지만 처음 숲에 들어왔을 때만큼 무섭거나 긴장되지는 않았다.

하윤이 질문하듯 손전등 불빛으로 갈림길을 비출 때마다 일곱은 거침없이 다음 길을 알려주었다.

"왼쪽!"

"오른쪽 다음에 오른쪽 다음에 왼쪽!"

우듬지 위가 서서히 밝아지고 있었다. 출구가 멀지 않은 듯했다. 손전등의 전원을 끈 하윤이 잎새의 안색을 살피며 물었다.

"잎새야, 혹시 어디가 불편해?"

"아니야."

잎새가 시선을 내리며 중얼거렸다. 차마 고백할 수 없었다. 용기가 나지 않는다고. 조금만 더 시간을 달라고.

실망한 기색이 역력하던 일곱이 더는 못 참겠다는 듯 내뱉었다.

"내가 설명했잖아. 오래 끌면 끌수록 불리해질 거라고. 깜깜이가 지금도 다른 공장을 공격해 마음들을 먹어치우고 있을지 누가 알겠어?"

"다른 방법이 있을 수도 있잖아?"

잎새가 발끈해 목소리를 돋우었다. 주먹을 꽉 쥐고 일곱의 주장에 반문하면서도 그런 자신을 믿을 수 없었다.

"그게 유일한 방법일 리 없어! 집으로 돌아갈 방법이 더 있을 거야. 분명해."

난감한 표정을 짓고 있던 하윤이 잎새에게 다가와 어깨에 손을 얹었다.

"괜찮을 거야, 잎새야. 나도 있고 일곱이랑 다시도 우리를 도와준다고 하니까."

그 의견에 동의한다는 듯 다시가 연신 머리를 끄덕였다. 주머니에 손을 찌른 일곱이 대놓고 인상을 썼다.

잎새는 지금 상황이 부담스러워 견딜 수 없었다.

"하윤아, 미안해…… 나는 도저히……."

얼굴을 붉히며 우물거릴 때 어디선가 부스럭거리는 소리가 들렸다.

잎새가 뒤를 돌아보았다. 언제부터 이 숲에 들어와 있었을까? 설마 그동안 계속 우리를 쫓아왔을까?

잎새는 너무 놀란 나머지 손가락 하나 까딱할 수 없었다. 벌벌 떨면서 숲이 드리운 그림자 속에 도사린 검은 형상을 쳐다볼 뿐이었다.

"가자."

위급한 상황에서도 침착함을 잃지 않은 하윤이 잎새의 팔을 잡아끌며 속삭였다.

"할 수 있어. 발을 떼봐, 어서."

하지만 잎새는 최면에라도 걸린 것처럼 옴짝달싹도 할 수 없었다. 하윤의 말소리가 다급해졌다.

"나는 너를 두고 가지 않을 거야. 그러니 잎새야, 움직여,

제발."

순간 거센 바람이 일었다.

잎새가 눈을 감았다. 거대한 존재가 다가드는 것처럼 나뭇가지가 부러졌고 나뭇잎이 흩날렸다. 날갯짓 소리가 커지면서 발밑이 울렸다. 일곱이 고함을 지르는 가운데 잎새의 손목을 붙잡고 있던 손이 떨어져 나갔다.

현기증 속에서 잎새가 눈을 떴을 때 하윤은 사라진 뒤였다.

하윤이 서있던 곳에는 책가방과 불이 꺼진 손전등만이 덩그러니 놓여있었다.

8

제일 친한 친구

잎새가 연필 끝으로 톡톡 뺨을 두드렸다. 2교시가 끝나고 쉬는 시간. 블라인드 틈으로 하얗게 빛살이 번지고 있었다.

잎새의 자리는 창문 바로 옆. 앞자리에서는 여학생들 몇이 수다를 떨고 있었다. 그들 가운데 앉아있던 지아가 잎새와 눈길을 마주하곤 웃으며 손을 흔들었다. 잎새 역시 연필을 들어 보이며 보일 듯 말 듯한 미소를 지었다.

지아는 잎새와 작년에 이어 올해도 같은 반에 배정된 유일한 여학생이었다. 성격이 서글서글한 데다 붙임성이 좋아 여자 친구들은 물론이고 남자 친구들 사이에서도 인기가 많았다.

잎새가 다시 한번 연필 쥔 손을 움직였다. 사각사각 하는 소리와 함께 종합장 귀퉁이에서 케이크 한 조각이 점점 더 그럴듯한 형체를 갖춰 나갔다.

두어 달 전 엄마는 퇴근길에 예고도 없이 생크림 케이크를 사가지고 왔다. 엄마는 단 음식을 좋아하지 않았다. 생일도 아닌 날에 케이크를 맛보는 건 잎새의 일상에 흔치 않은 사건이었다.

어쨌거나 생크림을 듬뿍 넣은 케이크는 맛있었다. 엄마는 평소답지 않게 잎새에게 한 조각을 더 먹지 않겠느냐고 권하기까지 했다.

고개를 내저은 잎새가 접시 옆에 포크를 내려놓자 엄마가 조심스럽게 용건을 꺼냈다.

"있잖아, 잎새야. 이런 말 꺼내 미안하지만 엄마 아빠가 관계를 정리할 때가 온 것 같아. 그동안 우리 셋 모두 힘들었잖니. 하지만 엄마 아빠가 어떤 결정을 내리더라도 엄마는 네게 영원히 엄마일 거야. 그 사실이 변하는 건 아니야. 우리 다 함께 행복해지기 위한 길이라고 믿고 부디 이해해줬으면 해."

잎새가 입안에 남아있던 크림을 삼켰다. 목이 메고 눈가가 일그러졌다. 잎새는 목덜미가 시뻘게진 채로 빈 접시만 쏘아보다 엄마의 얘기에 반박할 기회를 놓치고 말았다.

그날부터 모든 것이 이전과 달라질 듯했다. 부모님의 관계도, 셋이 같이 사는 일상까지. 그러나 겨울이 지나고 봄이 오는 동안에도 잎새의 생활은 별로 바뀌지 않았다. 잎새는 그 사실에 안도해야 할지 걱정해야 할지 알 수 없었다.

새 학년 새 학기가 시작됐다. 새 교실에서 지낸 지 삼 주가 지났지만 잎새는 새 친구들과 새 담임선생님이 여전히 서먹서먹했다. 잎새가 기껏 그린 케이크 그림 위로 죽죽 선을 그었다. 연필을 쥔 손가락에 잔뜩 힘이 들어가 있었다.

그때 잎새의 책상 위로 쪽지 하나가 날아들었다. 쪽지를 집어 든 잎새가 옆을 돌아보았다. 하지만 그 쪽지를 던진 사람이 누구인지 알아낼 수 없었다.

납작하게 접힌 쪽지를 펼치자 낯선 글씨체가 보였다.

- 오늘 같이 집에 가지 않을래?

잎새가 눈을 들었다. 대각선 오른편에서 한 소녀가 자신을 향해 돌아앉아 있는 것이 보였다. 저 애 이름이 민서였지? 민서, 유민서.

"응, 좋아."

잎새가 입술을 벙긋거리자 민서가 같은 방식으로 소리를 내지 않고 말했다.

"나도 좋아."

얼마 뒤 잎새가 그날 왜 자신에게 쪽지를 써 보냈느냐고 물었을 때 민서는 이렇게 대답했다.

"너는 나랑 비슷하니까. 나는 내가 늘 다른 사람들하곤 조금 다르다고 생각했어. 너는 그런 생각해본 적 없어?"

잎새가 생각하기에도 민서는 다른 사람들하곤 달랐다. 또래 아이들보다 훨씬 차분하고 어른스러워 보였다.

민서는 잎새에게 하나를 두 번 더한 값이 둘과 같지 않다는 걸 처음으로 가르쳐준 친구였다. 이어폰이 한 쌍이고 장갑이 한 켤레인 것처럼. 어떤 관계에서 둘은 하나와 같은 의미를 띠었다.

민서는 자신과 맞지 않는 친구들과 어울리기 위해 노력하고 싶지 않다고 했다. 스스로 선택한 관계가 훨씬 소중하다면서.

"나한테는 잎새 네가 제일 친한 친구니까 너한테도 내가 제일 친한 친구여야 해."

그냥 친구도 아니고 제일 친한 친구가 생기다니. 잎새는 스스로가 매우 특별하게 느껴졌다. 반 아이들이 자신을 민서의 단짝으로 여겨주는 것이 기뻤다.

민서는 자신이 그러하듯 잎새도 다른 아이들과 거리 두기를 요구했다. 특히 잎새가 지아와 한 마디라도 나누는 날에는 종일 서운해했다.

"지아 걔 목소리 은근히 크지 않아? 가만 보면 교실에서 혼자 떠드는 것 같다니까. 오늘은 복도에서 팔 좀 스쳤다고 인상을 쓰는 거 있지. 일부러 그런 것도 아닌데. 나한테 시비를 걸고 싶어서 작정한 것처럼."

티를 내지는 않았지만 잎새는 민서가 같은 반 친구들에 대해 험담을 할 때마다 조금 난처했다. 예전부터 지아를 좋은 친구라고 생각하고 있었기 때문에 더더욱 그랬다.

하지만 그런 사소한 고민거리를 제외하면 즐거운 일들이 훨씬 많았다.

잎새는 방과 후에도 민서와 붙어 다녔다. 코인노래방에 가서 같이 노래를 부르고 즉석 사진을 찍고 햄버거를 사먹었다. 민서는 잎새를 위해 많은 것들을 대신 선택해주었다. 어떤 볼펜을 고를지부터 어떤 아이돌 멤버를 좋아할지까지. 여름방학 직전에는 민서의 추천으로 수학 학원을 옮기기도 했다.

방학이 시작되고 얼마 지나지 않았을 때다. 잎새가 학원에서 돌아왔을 때 엄마는 웬일로 연락도 하지 않고 먼저 귀가해 있었다. 커튼을 친 거실에 앉아있던 엄마는 무척 피로해 보였다.

엄마가 욕실에서 세수를 하고 나오는 잎새를 불러 앞에 앉혔다.

"이번 주에 이혼 절차가 마무리될 것 같아."

지쳐있던 탓인지 엄마는 두서없이 본론부터 내밀었다. 잎새는 순간 비명을 지를 뻔했다.

"이번 주라고? 나한테 왜 미리 얘기 안 했어?"

"이미 여러 번 설명하기도 했고. 너한테 괜히 혼란만 줄 것 같아서."

"거짓말! 내가 뭐라고 말하든 둘이 마음대로 결정할 거잖아. 내 의견은 신경도 안 쓸 거잖아."

잎새가 소리치고는 씩씩거리며 방으로 들어가버렸다. 너

무 분해서 눈물까지 날 지경이었다. 우리 다 함께 행복해지기 위한 길이라느니 말도 안 되는 소리를 늘어놓더니. 나한테는 준비할 시간도 주지 않고.

그날 저녁 아빠가 잎새의 방문을 두드렸다. 아빠는 난감한 듯 잎새를 똑바로 쳐다보지 못하고 방안을 서성이며 곧 짐을 챙겨 집에서 나갈 것이라고 했다. 피치 않게 떨어져 살게 됐지만 자주 보러 오겠다고 약속하기도 했다. 그러는 내내 잎새는 눈시울을 붉힌 채로 고개를 돌리고 있었다.

다음날 아침 잎새는 아파트 단지 옆 놀이터로 민서를 불러냈다. 명랑하게 손을 흔들던 민서가 잎새의 표정을 확인하곤 서둘러 곁으로 다가왔다.

"왜 그래? 무슨 일이야?"

민서가 잎새를 벤치로 데리고 갔다. 잎새는 어제 일을 설명하며 연신 훌쩍거렸다.

"아빠가 곧 집에서 나간대."

"그랬구나. 많이 속상했겠다."

그런 잎새의 모습을 바라보던 민서가 결심이라도 한 듯 나직한 목소리로 말했다.

"있지, 사실 나도 엄마랑 둘이서 살고 있어."

"어, 정말?"

잎새가 눈가를 훔치며 얼굴을 들었다.

"잎새 너한테만 하는 얘긴데……."

그날 그 자리에서 민서는 처음으로 집안 사정을 털어놓았다. 아주 어릴 때 부모님이 이혼하셨다는 것. 그래서 유치원에 다니는 동안 외할머니의 돌봄을 받아야 했다는 것. 그러다 초등학교에 입학하면서부터 엄마와 나와 살게 됐다는 것.

"나는 아빠를 보고 싶지 않아. 이젠 얼굴도 잘 기억 안 나는걸. 그런 사람은 없는 게 나아. 엄마도 그렇게 말했어. 우리 둘이 사는 게 훨씬 행복하다고."

민서가 쓴웃음을 지으며 덧붙였다.

"너도 금방 그렇게 될걸."

잎새는 말없이 고개를 끄덕였다.

한바탕 비가 내리고 더위가 한풀 꺾였을 무렵 잎새는 근 한 달 만에 아빠를 만나러 갔다. 아빠가 이사했다는 신도시로 엄마가 차를 운전해 데려다주었다. 못 본 사이 아빠는 조금 여윈 듯했다. 과장된 태도로 잎새를 반기며 허둥지둥했다.

"아직 정리가 덜 끝나서 집으로 초대를 못했네. 만나자마자 점심 먹을 시간이라. 잎새야, 너도 알다시피 아빠 요리 솜씨가 형편없잖니. 가을에 하는 일 마무리되면 아빠가 제대로 차려서 집으로 한번 초대할게."

잎새는 아빠와 단둘이 시간을 보내는 것이 어색했다. 잘 넘어가지도 않는 음식을 삼키면서 냅킨으로 자꾸만 입가를 닦았다.

그래도 공원 옆 카페에서 레몬소다에 곁들여 먹은 치즈 케이크는 맛있었다. 아빠는 저녁까지 같이 먹자고 했지만 잎새는 그만 가보겠다고 했다.

잎새는 아빠와 함께 걸으면서 발밑만 내려다보았다. 엄마는 약속 장소에 자동차를 대놓고 기다리고 있었다. 엄마와 아빠는 인사 외에 별다른 대화를 나누지 않았다. 잎새가 아빠에게 인사를 건네고 차에 탔다. 뒷좌석에 앉아 안전벨트를 매려는데 아빠가 깜빡 잊고 있었다는 듯 차창 너머로 붉은색 리본이 둘러진 상자를 넘겨주었다.

"얼마 전에 출장 다녀오면서 사왔어. 네 마음에 들었으면 좋겠다."

집으로 돌아가는 길, 잎새는 아빠가 준 상자를 열어보았다. 그 상자에는 나비 장식이 달린 팔찌가 들어있었다.

다음 주 수학 학원에서 만난 민서는 잎새가 못 보던 팔찌를 차고 있다는 걸 단번에 알아차렸다.

"처음 보는 건데. 어디서 샀어?"

"선물 받았어."

잎새가 자랑하는 듯 아닌 듯 어정쩡하게 팔을 들어 보였다.

"엄청 예쁘다. 나 한번 껴봐도 돼?"

민서가 전에 없이 흥분한 말투로 물었다. 잎새가 반사적으로 팔을 움츠렸다.

"그게, 아빠가 사준 거라서."

둘 사이에 침묵이 흘렀다. 잠시 후 민서가 피식 웃으면서 말했다.

"주말에 아빠를 만나고 왔구나? 나는 그런 줄도 모르고."

"미안."

민서는 그 일에 대해 다시 거론하지 않았다. 그 주 수요일이 개학이었다. 그 사이 겪은 변화 때문인지 잎새는 한 달여 만에 등교한 학교가 낯설게 느껴졌다.

다음 주 월요일 교문을 지나 계단을 올라가면서 잎새가 발걸음을 서둘렀다. 민서는 주말 내내 잎새가 보낸 문자 메시지에 응답하지 않았다. 마지막 메시지는 확인조차 하지 않았다.

문턱을 넘어 들어가며 재빠르게 교실을 훑던 잎새는 민서가 뒷문 근처에 앉아있는 것을 확인하곤 책가방도 벗지 않고 곧장 그쪽으로 다가갔다.

"먼저 와 있었네. 학교에 같이 가자고 문자를 보냈는데 답이 없어서 걱정하고 있었어."

잎새가 헐떡이며 말을 거는 중에도 민서는 시선을 내린 채 필통만 만지작거렸다.

"저기, 괜찮아? 혹시 휴대폰 잃어버렸어?"

잎새가 어쩔 줄 모르고 쭈뼛거릴 때 지아가 민서를 불렀다.

"민서야, 잠깐 나 좀."

"어, 무슨 일인데?"

민서는 잎새를 본 척도 하지 않고 일어나 지아에게 가버렸다. 둘은 자기들끼리 깔깔거렸다. 얼떨떨한 표정으로 입술을 깨물고 있던 잎새가 조용히 제 자리에 가 앉았다.

그날 민서는 잎새에게 한 마디도 건네지 않았다. 수업이 끝나기 무섭게 지아 무리에 섞여 교실에서 나가버렸다. 잎새가 떨리는 손으로 주섬주섬 책가방을 챙겼다.

휴대폰을 확인해보니 민서는 잎새와 둘이 만든 채팅방에서도 퇴장한 상태였다. 그날 하루 동안 벌어진 일들이 잎새에게는 모두 거짓말 같았다.

민서는 잎새와 함께 다니던 수학 학원도 그만두었다. 잎새는 민서에게 여러 차례 메시지를 보냈지만 아무런 해명도 듣지 못했다.

잎새는 나날이 더 고립됐다. 민서는 지아 무리와 어울리면서 대놓고 잎새를 무시했다. 다른 아이들 역시 그들의 눈치를 보며 잎새에게 먼저 말을 걸지 않았다. 모둠 활동 중에나 짧고 무성의한 질문을 던질 따름이었다.

잎새는 반 아이들의 침묵이 불안했다. 단지 대화를 하지 않는 것뿐이니까 모두들 별일 아니라고 여겼는지 몰랐다. 혹은 재미있으니까 심심풀이로 동참할 수도 있었다.

그러나 그 침묵은 잎새에게 명백한 폭력이었다. 잎새는 교실에 있는 매 순간이 외로웠다. 친구들이 등을 돌리고 있는 현실이 슬펐다. 자신을 이렇게 만든 사람이 다른 누구도 아닌 민서라는 사실이 화가 났다. 이런 상황에서조차 나한테 왜 이러느냐고 묻지 못하는 스스로가 실망스러웠다. 등교를 준비할 때마다 오늘 하루를 어떻게 견디나 싶었다. 잎새는 학교 가는 게 두렵기까지 했다.

어느 날 복통에 시달리다 보건실에 다녀와 보니 교실이 비어있었다. 맞다, 다음 시간이 체육이었지. 잎새가 창밖으로 힘없이 시선을 던졌다.

반 아이들이 운동장에 모여 몸을 풀고 있었다. 아무도 잎새가 그곳에 없다는 걸 알아채지 못한 듯했다. 아니, 그랬다고 해도 상관없을지 몰랐다. 그들에게 잎새는 투명인간 같은 존재였으니까. 이미 존재하지 않는 것과 다름없었을지도.

잎새가 쓰러지듯 책상 위에 엎드렸다. 불 꺼진 교실에서 잎새는 한참 동안 흐느껴 울었다.

며칠 뒤 잎새는 신발장 앞에서 여학생들이 나누는 대화를 들었다.

"이잎새가 애들 험담을 그렇게 하고 다녔다며. 너나 할 것 없이 다 그랬대. 민서가 그래서 지아에 대해 오해하고 있었다던데. 지아가 그것 때문에 되게 기분 나빠 했대."

잎새는 순간 들고 있던 실내화를 떨어뜨릴 뻔했다. 그 애들은 잎새가 바로 옆에 있는 줄도 모르고 신나게 떠들었다.

"착한 척은 혼자 다 하고 다니더니. 뻔뻔하지 않니?"

잎새는 고민하고 또 고민했다. 지아를 불러 나는 네 험담을 한 적이 없다고 털어놓는다면 내 이야기를 믿어줄까? 애초 너를 싫어한 사람이 내가 아니라 민서라고 밝힌다면.

민서는 왜 그런 거짓말을 지어냈을까? 우리는 왜 멀어져야 했을까?

그렇게나 친했는데. 좋아했는데. 믿었는데. 잎새의 몸이 주체할 수 없을 만큼 떨렸다.

맨 처음 학교에 가고 싶지 않다고 말했을 때 엄마는 잎새가 어울리지 않게 억지를 부린다는 식으로 반응하며 흘려 넘겼다. 며칠이 지나 또 한번 그 얘기를 꺼냈을 때는 한숨을 푹 쉬면서 관자놀이를 문지르더니 이렇게 물었다.

"잎새야, 엄마도 힘들어. 내가 너한테 어떻게 해줬으면 좋겠니?"

잎새는 어떤 대답을 해야 할지 알 수 없었다. 민서와 있었던 일에 대해서도 분명하게 설명할 수 없었다. 싸우기라도 했더라면, 반 아이들 앞에서 민서의 행동에 대해 하나하나 따지면서 잘못을 바로잡았더라면 어땠을까?

동시에 체념에 가까운 생각도 들었다. 그 많은 사람들 앞에서 영원히 함께하겠다고 맹세했다던 부모님도 서로를 탓하며 헤어질 수밖에 없었는데.

확실한 한 가지는 잎새가 엄마를 원망하면서도 애틋하게 생각한다는 것이었다. 싫어하는 만큼 사랑했다. 그건 아빠를 향한 애정과는 다른 것이었다.

그래서 잎새는 더는 누구에게도 도움을 요청하지 않고 자기 안에 고립되기를 선택했다. 흰 종이 위 여백을 색연필로 꾹꾹 눌러 색칠하면서 소망했다. 하루라도 빨리 초등학교를 졸업할 수 있기를. 같은 반 아이들과 다른 중학교에 진학할 수 있기를. 두 번 다시 마주치지 않기를.

아빠에게 받은 팔찌를 상자 속에 넣어 감추었듯 마음의 일부를 꼭꼭 가두었다.

그해 겨울, 이모가 잎새가 사는 동네로 작업실을 옮겼다. 이듬해 봄, 하윤이 나타났다.

잎망울처럼 꽃봉오리처럼 꾸깃꾸깃하게 접혀있던 잎새의 마음이 조금씩 피어나기 시작했다.

9

어떤 일은 끝까지

시커먼 형상이 그림자 속으로 물러났다. 숲 저편으로 부스럭거리는 소리가 멀어졌다.

잎새는 자신이 떨고 있다는 걸 깨달았다. 굳은 입술을 열어 입안에 머금고 있던 이름을 밀어냈다.

"하윤아."

눈물이 뺨을 타고 흘러내렸다.

"하윤아, 돌아와."

그렇게 속삭인 다음에야 하윤이 제 곁에 없음을 실감했다. 방금 전까지만 해도 함께 있었는데. 내 손을 잡고 있었는데.

하지만 지금 그 자리에는 아무도 없었다. 하윤을 집어삼키고 깜깜이는 곧장 그곳을 떠났다.

"하윤아, 하윤아."

잎새가 몸을 일으켰다. 어디로 향해야 할지 모른 채로 걷기 시작했다. 심장이 아플 만큼 빠르게 뛴다 했는데 어느 샌가 달리고 있었다. 일곱이 그를 불러 세우려고 했지만 돌아보지 않고 무작정 앞만 보고 나아갔다. 심장 박동 소리가 귓속을 가득 채워 제 발소리조차 들리지 않았다.

나무들이 그런 잎새를 내려다보며 나뭇잎을 부대끼고 옹이를 끔뻑였다. 잎새가 난폭하게 팔을 휘저어 앞을 가로막는 나뭇가지를 제쳤다. 이곳에서 벗어날 수 있다면. 숨어버릴 수 있다면. 잎새는 자신도 모르는 사이 더 깊은 숲속으로 들어갔다.

그때였다. 거친 숨을 몰아쉬며 뛰다가 걷기를 거듭하던 잎새는 돌연 무릎이 꺾여 넘어졌다. 가까스로 일어서는가 싶더니 다시 중심을 잃고 엎어졌다. 그 탓에 안경이 벗겨지면서 수풀 속에 나동그라졌다. 잎새의 발뒤꿈치를 잡아챈 나무뿌리가 스르르 풀어져 땅 밑으로 꿈틀꿈틀 기어 들어갔다.

잎새가 주먹손으로 바닥을 짚었다. 안간힘을 다해 일어나려다 이내 팔의 힘이 풀리면서 또 한번 쓰러지고 말았다. 잎새가 울면서 혼잣말을 했다.

"하윤아, 미안해."

혼자서는 아무것도 할 수 없을 것 같았다. 이제 나는 어떻게 해야 하지? 하윤이가 없으면 용기가 나지 않는데. 깜깜이는 어디로 가버린 거지?

그때 수풀 너머에서 부스럭거리는 소리가 났다. 잎새가 눈물범벅인 얼굴을 들었다. 깜깜이가 쫓아온 걸까? 기왕 숲에 들어온 참에 나까지 먹어치우려고?

겁이 나 꼼짝달싹도 할 수 없는 와중에 도리어 잘됐다는 생각이 들었다. 포기해버리면 끝이니까. 더는 도망쳐 다닐 필요도 없으니까.

잎새가 젖은 눈을 깜빡이며 소리가 들려온 곳을 뚫어져라 바라보았다. 잠시 후 안경을 쓰지 않아 흐릿한 시야 가장자리로 어떤 형상이 걸어 들어왔다.

일곱이었다. 일곱은 하윤이 떨어뜨린 책가방을 한쪽 어깨에 걸치고 있었다. 가슴 주머니 밖으로 몸을 세우고 있던 다시가 불만스러운 태도로 팔짱을 꼈다.

일곱이 쏘아붙이다시피 물었다.

"그렇게 혼자 가버리면 어떻게 해? 한참 찾았잖아."

잎새가 겨우 대답했다.

"하윤이가, 하윤이가."

"알아. 깜깜이에게 한입에 꿀꺽 집어삼켜졌지."

일곱이 잎새의 안경을 주워 들었다. 바닥에 부딪치며 받은 충격 때문인지 안경알에 금이 가 있었다.

"그래도 네 친구를 구할 방법이 아예 없는 건 아니야. 아직 다 끝난 게 아니라고."

그럼에도 잎새는 그 자리에 주저앉아 미동도 하지 않았다.

"일어나, 잎새야. 정신을 좀 차려봐."

일곱이 잎새 앞에 다가와 앉았다. 잎새가 두서없이 중얼거렸다.

"하윤이는 나를 찾으러 왔다고 했어. 나 때문에 이 세계로 넘어왔다고."

낮아지는 목소리에 울음이 섞여들었다.

"그런데 나는 지켜보기만 했어. 하윤이는 나를 구하려고 했는데. 내 손을 잡고 함께 가자고 했는데. 나는 하윤이를 위해 아무것도 하지 못했어. 깜깜이가 멀어지는 걸 보고도 곧

바로 따라나서지 못했어. 놀라서. 무서워서."

잎새가 소리 내 울기 시작했다.

"하윤이한테 미안해서 어떻게 해."

잎새는 눈물을 멈출 수 없었다. 몸속 어딘가가 고장 난 것 같았다. 이 많은 눈물은 어디에 고여있었을까? 이건 얼마나 오래 참고 있던 울음일까?

잎새는 딸꾹질을 하고 숨을 헐떡이며 한참 동안 울었다. 그러다 어느 순간 서서히 숨결이 가라앉았다. 흐느낌이 멎고 딸꾹질이 그치고 눈가가 식었다. 울음은 시작했을 때와는 다르게 아주 느리게 끝났다. 가슴 깊숙한 곳에 응어리져 있던 것이 녹아 사라진 느낌이었다.

그 순간만을 줄곧 기다리고 있었던 듯 일곱이 손을 내밀었다.

"우리 같이 여기서 나가자."

잎새가 일곱의 손을 잡았다. 둘은 다시 걷기 시작했다. 하윤의 손전등을 꺼내 쥔 일곱은 깜깜한 숲속에서도 망설임 없이 잎새를 안내했다.

얼마 지나지 않아 머리 위가 밝아지면서 끝없이 계속될 듯

한 어둠이 걷혔다. 잎새는 일곱과 함께 숲을 빠져나왔다.

등 뒤에서 나무들이 종소리를 퍼뜨렸다. 잎새는 숲이 그들을 위로하는 소리임을 알아차렸다.

실컷 울고 난 뒤여서일까, 이마에 와 닿는 햇살이 따스하게 느껴졌다. 한결 가벼워진 표정으로 잎새가 가슴 위에 손을 포개고 호흡을 골랐다. 하윤의 얘기를 되새기며 다짐하듯 되뇌었다. 나는 혼자가 아니야. 도와줄 사람이 있으니까. 아직 끝나지 않았어.

그때 다시가 일곱의 어깨를 두드렸다. 일곱이 아차차, 하더니 주머니에 넣어둔 뿔테 안경을 꺼냈다. 잎새가 건네받은 안경을 살펴보았다.

"알이 깨져버렸네."

"그 정도는 내가 고칠 수 있어. 나중에 고쳐줄게."

잎새가 안경을 썼다. 안경알이 깨져서인지 세상이 금이 간 것처럼 보였다. 그래도 괜찮았다. 고칠 수 있으니까. 어떤 일은 끝까지 매달려서 바로잡아야 하니까.

잎새가 일곱을 향해 돌아서면서 말했다.

"저기, 일곱."

"응?"

"나 말이야, 가야 할 것 같아. 하윤이를 찾아서, 그곳이 어디든지 간에. 너도 같이 가줄 거야?"

잎새는 마음을 모두 털어놓지는 못했다. 하윤이가 나를 구해준 것처럼 나도 하윤이를 구해줄 거라고. 용기를 내볼 거라고. 이번만큼은 피하지 않을 거라고.

하지만 일곱은 잎새가 하지 않은 얘기들까지 전부 알아들은 것 같았다. 미소를 띤 채로 당연하다는 듯 맞받아쳤다.

"물론이지. 그 전에 준비를 좀 해야겠지만."

"무슨 준비?"

잎새가 묻자 일곱이 어깨를 들먹이며 대답했다.

"그야 이길 준비지. 우리는 반드시 이길 거니까."

10

이길 준비

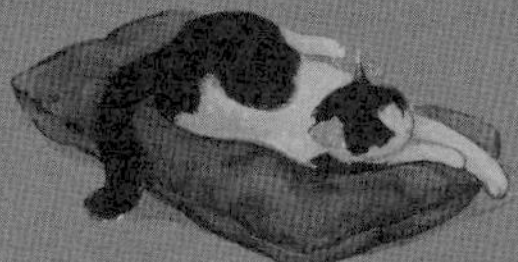

"거기에는 다른 부품이 들어가야 하는데. 그래, 바로 그거. 그런 다음 전선을 연결해서……."

다시가 일곱의 지시를 받아 바쁘게 작업대 위를 뛰어다녔다.

호숫가로 돌아온 이후 일곱은 본격적으로 준비를 시작했다. 바지 주머니에서 작업대를 꺼내 설치한 다음 작업에 필요한 부품과 연장들을 연이어 끄집어냈다. 깜깜이에게 대항하는 데 필요한 물건들을 만들 것이라고 했다. 잎새는 한 사람의 방에 그토록 많은 잡동사니가 있을 수 있다는 데 놀랐다.

일곱은 다시가 가져다주는 부품들을 조립해 맨 먼저 깜깜이 탐지기를 완성했다. 거기에는 다시의 몸에 있는 태엽과 같은 장치가 들어있다고 했다. 신기해하는 잎새에게 일곱이 설명했다.

"그 태엽장치는 마음에 이끌리는 성질로도 움직일 수 있거든. 바로 그 점을 이용하면 깜깜이의 위치를 추적해 화면에 띄울 수 있어."

"아아."

하지만 잎새로서는 그 원리가 무엇인지 이해할 수 없었다. 일곱은 중얼중얼 제 할 말만 쏟아내면서 부품을 끼우고 뚜껑을 덮었다. 그러곤 들고 있던 드라이버를 귀 뒤에 꽂고 손바닥을 비비더니 기대에 찬 얼굴로 깜깜이 탐지기의 전원을 켰다. 그 장치는 크고 두툼한 은색 직육면체로 위쪽에 네모난 화면이 붙어있었다.

긴장감 어린 침묵이 흐르는 가운데 탐지기에 불이 들어왔다. 다시가 발을 구르며 박수를 쳤다. 일곱이 화면에 뜬 부호들을 분석했다.

"깜깜이는 지금 내 공장에 있어. 거길 보금자리로 삼았나 봐. 움직임이 전혀 없는 걸 보면 잠들어 있는 모양이야. 어지

간히 배가 불렀나보지."

그 얘기를 들은 잎새가 울상을 지었다. 자신의 말실수를 깨달은 일곱이 부랴부랴 덧붙였다.

"하윤이는 괜찮을 거야. 그냥 깜깜이의 뱃속에서 자고 있을 뿐일 거야. 깜깜이가 먹어치우는 건 마음이니까. 조금도 다치지 않았을걸. 내가 보장할게."

일곱은 쉬지 않고 일했다. 잎새가 보기에도 일곱은 재능 있는 발명가이자 기술자임이 틀림없었다. 어울리지 않는 부품들을 조합해 이 세상에 존재하지 않을 법한 발명품을 탄생시켰다. 일곱은 이렇게 설명했다.

"방법은 간단해. 직관과 추론의 힘을 믿는 거야. 그러면 어느 순간 답이 머릿속에 저절로 떠오르거든."

작업을 대강 끝마친 일곱이 잎새를 불러 자신이 만든 발명품들을 시연해 보였다.

"이건 꼼짝 마 풍선껌이야. 얼핏 평범한 껌 같아 보이지? 하지만 우습게 보면 큰코다칠걸. 이렇게 포장지를 벗기고 여러 번 씹은 다음에."

일곱이 풍선껌을 입안에 던져 넣고 우물거렸다.

"원하는 장소에 붙여두는 거야. 이런 식으로."

일곱이 적당히 씹어 말랑말랑해진 풍선껌을 작업대 가장자리에 눌러 붙였다. 그러더니 다시를 넘겨다보며 네 차례라는 듯 눈짓했다.

덤벙거리며 걸어 나온 다시가 아무것도 모르는 척 그 위에 발을 떨어뜨리는 순간 납작하게 눌려있던 풍선껌이 대번에 부풀어 올랐다. 다시는 껌으로 만들어진 풍선 안에 꼼짝없이 갇히고 말았다.

"그러니까 껌은 포장지에 싸서 쓰레기통에 버려야겠지?"

일곱이 꼭대기 한 지점을 손가락으로 찌르자 껌 풍선이 흐무러졌다.

그런 뒤에도 일곱은 눈부셔 볼펜과 따끔한 스테이플러, 발자국 지우개 등등을 직접 선보였고 다시는 숙련된 조수로서 그를 척척 도왔다.

"풍선껌은 점성을 높여야 할 것 같고 스테이플러는 각도 조절을 해야겠네. 지우개는 아쉽지만 이번에는 크게 쓸모가 없을 것 같다."

테이블 위를 부지런히 돌아다니던 다시가 이마에 손을 얹고 드라이버 손잡이에 몸을 기댔다. 그 모습을 본 잎새가 제안했다.

"이쯤에서 잠시 쉬는 건 어때?"

"응. 그러는 게 좋겠어."

일곱이 의자에 축 늘어지며 중얼거렸다.

"아, 배고프다."

"우리 간식이라도 먹을까?"

잎새가 묻기 무섭게 일곱이 되물었다.

"역시 그래야겠지?"

하윤의 책가방에는 아직도 적지 않은 간식이 남아있었다. 일곱은 오트밀 쿠키를 세 개나 먹어치우곤 양심에 찔렸는지 거듭 잎새에게 부탁했다.

"하윤이에게 나 대신 말 좀 잘 전해줘. 쿠키를 몽땅 먹어버려서 미안하다고."

잎새가 웃으면서 대답했다.

"괜찮을 거야. 걱정하지 마."

일곱이 다음에는 뭘 먹을까 고민하는 표정으로 젤리며 비스킷 따위를 꼼꼼히 살폈다. 나뭇잎 사이로 떨어지던 햇살을 바라보던 잎새가 낮은 목소리로 말했다.

"있잖아, 일곱. 내가 저질렀다는 실수 말이야. 그건 사실 실수가 아니었어."

"어? 그게 무슨 말이야?"

곰 젤리를 한 입 베어 문 일곱이 눈을 들었다.

"미안해. 미리 말하지 않아서. 나 《사용 설명서》에 적혀있던 주의 사항을 어겼어. 그래서 네 공장이 그렇게 망가져버린 걸 거야. 내 잘못 때문에."

그러면서 잎새는 어제 저녁 자신의 방에서 마음 수거함에 쪽지 여러 개를 한꺼번에 욱여넣었다고 고백했다.

"네가 실망할까봐 무서워서 차마 입이 떨어지지 않았어. 그래서 내 잘못을 인정하지 못했어. 미안."

"뭐, 알겠어. 하지만 단순히 그 이유만은 아닐 수도 있을 것 같은데."

일곱이 잽싼 손놀림으로 젤리 하나를 더 집어 들며 덧붙였다.

"한꺼번에 너무 많은 마음을 버리게 되면 그건 당사자에게도 좋지 않을 일일 테니까 그 주의 사항은 그런 의미에서 적어둔 게 아닐까? 그렇다고 그걸 어긴 게 잘한 일이라는 뜻은 아니고. 내 공장에 일어난 사고와 직접적인 관련이 있는 건 아닐 수도 있다는 거지."

"정말 그럴까?"

"너 듣기 좋으라고 하는 말이 아냐. 그렇지만 세 가지 주의 사항을 하나씩 떠올려보라고. 두 번째 주의 사항도 그렇잖아. 멋모르는 사람이 함부로 상자를 열었다가는 길에 휩쓸려버릴 수도 있잖아? 세 번째 주의 사항은 또 어떻고. 그 세계에서 이 세계로 넘어 다닐 수 있다는 사실이 공공연하게 알려지면 예상치 못한 사건이 벌어질 수도 있으니까 상자의 존재를 비밀로 간직해야 하는 게 당연하지 않겠어?"

자신의 논리가 스스로 생각하기에도 그럴싸하다는 듯 일곱이 머리를 끄덕였다.

"한 마디로 그건 이 세계와 그 세계 모두를 안전하게 지키기 위한 충고였을 거라는 거지."

"그랬으면 좋겠다. 나도 그렇게 믿고 싶어."

잎새가 붉어진 콧등을 문지르며 중얼거렸다. 그것이 사실이든 아니든 그렇게 말해주는 일곱의 마음 씀씀이가 고마웠다. 뒤늦게 생각났다는 듯 일곱이 물었다.

"참, 네 안경 벗어줄 수 있어? 내가 봐줄게."

잎새가 안경을 벗어 내밀었다. 일곱이 안경을 받아 작업대에 올려놓곤 바지 주머니에 손을 넣고 더듬거렸다.

"그걸 어디에 뒀더라. 서랍에 보관하지는 않았던 것 같은데. 이건 아니고 이것도 아니고…… 아, 찾았다!"

곧이어 고체형 풀처럼 생긴 물건을 꺼낸 일곱이 뚜껑을 열고는 둥글게 마모된 끄트머리를 안경알에 대고 살살 문질렀다.

"잘 붙어 풀이야. 어떤 틈이라도 감쪽같이 메워주지. 다 됐어. 한번 써봐."

과연 깨진 안경알이 원래대로 돌아와 있었다. 금이 간 흔적조차 찾을 수 없었다. 잎새가 안경을 받아들며 웃었다.

"와, 새것 같아졌네."

둘은 자리를 정리했다. 잎새는 일곱에게 작업대 접는 방법을 새로 배웠다. 일곱이 나비를 쫓아다니던 다시를 데리고 왔다.

하윤의 책가방을 멘 잎새가 일곱을 불렀다.

"있잖아, 일곱."

다시를 가슴 주머니에 넣은 일곱이 잎새를 돌아보았다. 잔뜩 헝클어진 초록색 머리카락 아래 말간 얼굴이 미소를 머금고 있었다.

잎새는 문득 깨달았다. 나는 이 순간을 잊지 못할 거야. 소중하게 간직한 편지 속 글귀처럼 여러 번 곱씹을 거야. 손끝으로 가만히 만져볼 거야. 누구에게도 털어놓지 않고 나만의 비밀로 간직할 거야. 오래오래.

"고마워. 출발하기 전에 이 얘기를 꼭 해야 할 것 같아서."

잎새는 일곱이라면 굳이 말하지 않아도 자신이 무슨 생각을 하는지 알 거라고 느꼈다.

"뭐, 고마울 것까지야."

그런 잎새의 얼굴을 마주 보고 있던 일곱이 쑥스러움을 감추려는 듯 헛기침을 했다.

"이 세계 존재들이 그 세계 존재들을 돕는 건 당연한 일이니까. 하지만 그렇지 않다고 해도 나는 너를 도왔을 거야."

"응."

잎새가 고개를 숙였다. 일곱이 팔을 휘휘 저으면서 앞장섰다.

“그럼 어디 한번 가볼까.”

다시가 일곱의 가슴 주머니 속에서 함께 팔을 내저었다.

그들은 흰색 돌이 깔린 길을 따라 나아갔다.

11

결전의 순간

공장 구역에는 정적이 내리깔려 있었다.

낮달이 뜬 하늘을 새들이 소리도 없이 가로질렀다. 하얗고 빨갛고 푸른 달들이 수채 물감으로 칠한 조약돌 같았다.

하지만 그 공장들 어딘가에서는 일곱과 같은 공원이자 공장장들이 일하고 있었다. 쪽지들이 길을 통과해 이 세계로 넘어올 때마다 눈을 반짝이며 기뻐할 것이었다. 보이지 않는 곳에서 자기 일에 최선을 다하는 그 같은 존재들 덕분에 그 세계는 사라지지 않았고 지금까지 무사할 수 있었다.

잎새가 각오를 다지며 되뇌었다. 나는 이 세계를 돕기 위해 가고 있어. 그건 그 세계를 지키는 일이기도 할 거야.

반면 일곱은 아까부터 목 뒤에 손을 얹고 콧노래를 흥얼거리고 있었다.

“건포도 쿠키를 만들자. 건포도는 듬뿍 넣자. 설탕도 잔뜩 뿌리자.”

다시가 일곱의 어깨에 걸터앉아 장단이라도 맞추듯 발끝을 까딱였다.

키 작은 나무들 너머로 허물어진 종탑이 모습을 드러냈다. 일곱이 다시 한번 탐지기를 확인했다. 일곱은 깜깜이 탐지기에 끈을 달아 한쪽 어깨에 메고 있었다. 다시가 끈을 타고 내려와 탐지기 모서리를 밟고 섰다.

화면에 뜬 부호들을 들여다본 일곱이 탐지기를 원래 자리에 되돌려놓으며 말했다.

“깜깜이는 여전히 내 공장에 있어. 서두르자.”

종탑을 돌아 나가자 일곱의 공장이 보였다. 눈앞에 펼쳐진 광경에 놀란 잎새가 무심결에 짧은 숨을 들이켰다.

공장은 출입문이 떨어져 나간 것도 모자라 한쪽 벽면이 완전히 내려앉아 있었다. 새것처럼 말끔하던 울타리는 부서졌고 엉망진창으로 짓밟힌 풀밭에 우그러진 문이며 깨진 벽돌 따위가 나뒹굴고 있었다.

일곱은 할 말을 잊은 듯 한참 동안 그 자리에 서있었다. 안절부절못하던 잎새가 일곱의 안색을 살피며 물었다.

"저기, 괜찮아?"

일곱이 한숨을 섞어 대답했다.

"괜찮다면 거짓말이겠지. 하지만 그게 할 일을 하지 않는 데 대한 변명일 수는 없으니까."

그러곤 탐지기를 들어 올려 깜깜이의 위치를 다시 한번 확인했다.

"작전대로 움직이면 될 것 같아. 기억하고 있지?"

"응."

"침착하게."

"침착하게."

잎새가 일곱의 말을 따라했다. 일곱이 잎새와 시선을 맞추며 심호흡하는 시늉을 했다.

"준비됐으면 얘기해줘."

잎새가 눈을 질끈 감았다 떴다.

"준비됐어."

"그럼 가자."

일곱이 벽돌 부스러기 사이로 신중하게 걸음을 옮겼다. 잎새가 주머니에 손을 넣어 지니고 있던 물건을 만졌다.

일곱의 발명품들 가운데 잎새가 고른 것은 스테이플러였다. 사용법도 간단할 뿐더러 한 손에 쏙 들어오는 그 물건이라면 자신도 잘 다룰 것이라는 확신이 들어서였다.

낮인데도 공장 안은 어두침침했다. 천장 아래에 난 창문들에서 어렴풋하게 빛이 새어 들어왔다. 하지만 그 빛 속에서조차 공장이 손 쓸 수 없이 망가졌다는 사실을 충분히 파악할 수 있었다. 페인트가 칠해진 벽면이 오물로 뒤범벅된 가운데 집기들이 처참하게 부서져 널브러져 있었다.

침울한 표정으로 내부를 돌아보던 일곱이 계단을 걸어 올라가며 잎새에게 소곤거렸다.

"여기서부터는 더 조심해야 해. 바로 다음 층이니까."

위층의 복도 중간에서 걸음을 늦춘 일곱이 반쯤 열린 문 쪽으로 다가들었다. 잎새에게도 낯익은 곳이었다. 잎새가 이 세계에 맨 처음 떨어진 장소, 작업장이었다.

잎새가 일곱을 따라 문턱을 넘어 들어갔다. 다시는 전에 없이 긴장한 듯 가슴 주머니 밖으로 눈만 내민 채로 움츠리고 있었다.

작업장 안은 복도보다 더 어두웠다. 가만가만 걷다 바로 앞 기계 뒤에 숨어 흥분을 가라앉히던 잎새가 순간 입술을 깨물며 눈을 부릅떴다.

어딘가에서 코 고는 소리가 들렸다.

작동을 멈춘 컨베이어 벨트 위에 거무스름한 형상이 도사리고 있는 것이 보였다. 탐지기의 화면을 곁눈질하는 수고를 하지 않더라도 그 형상의 정체가 무엇인지 단번에 알아챌 수 있었다.

깜깜이였다. 드르렁 소리를 내면서 깊은 숨을 내쉴 때마다 겉면에 달라붙어 있던 쪽지들이 가볍게 나풀거렸다.

그 괴물은 미로 숲에서 봤을 때보다 훨씬 거대해져 있었다. 어쩌면 당연한 일일지 몰랐다. 인간 소녀 한 명을 통째로 집어삼킨 후였으니까.

잎새는 홀린 것처럼 그 괴물에게서 시선을 떼지 못했다. 깜깜이는 크고 검었다. 기름띠 같은 얼룩을 머금은 채로 점액질의 물질을 흩뜨리며 불쾌한 냄새를 풍겼다. 내 마음도 어두웠는데. 저만큼 고약하고 끔찍했는데.

일곱이 괜찮으냐고 묻는 것처럼 잎새를 응시했다. 잎새가 입술을 벙긋거려 소리를 내지 않고 말했다.

"나는 괜찮아."

일곱이 같은 방식으로 답해주었다.

"응, 다행이야."

주머니 속 스테이플러를 손에 쥔 잎새가 살금살금 기계를 돌아 나왔다. 잎새에게 맡겨진 임무는 분사구가 달린 호스를 찾는 것이었다. 깜깜이는 물을 두려워하므로 호스로 물세례를 해 일차적으로 그를 제압하는 것이 그들이 세운 작전이었다.

하지만 아무리 조심한다 해도 어둠 속에서 기척을 죽이고 걷는 건 쉽지 않았다. 부츠 밑창이 바닥을 스치며 소음을 퍼뜨릴 때마다 잎새는 심장이 두근거리다 못해 입 밖으로 튀어나올 것 같았다.

잠시 후 손잡이 옆에 물방울 그림이 그려진 분사구를 찾은 잎새가 이를 기계에서 떼어내 양손으로 단단히 감아쥐었다.

잎새에게 신호를 받은 일곱이 컨베이어 벨트 앞으로 걸어 나왔다. 그런 다음 작업장이 떠나가라 고래고래 고함을 지르기 시작했다.

“언제까지 자고 있을 작정이야? 낮잠 시간은 끝났어!”

그 즉시 깜깜이를 에워싸고 있던 쪽지들이 뾰족하게 곤두섰다. 잎새가 긴장해 입술을 물어뜯었다.

“일어나! 어서 일어나라고!”

일곱이 요란하게 작업장 안을 휘젓고 다녔다.

깜깜이는 서두르는 기색이라곤 없이 느릿느릿 컨베이어 벨트에서 미끄러져 내려왔다. 아주 신중하게 사냥을 도모하는 것처럼.

잎새가 호스를 고쳐 쥐었다. 모든 것이 계획한 대로였다. 이렇게만 풀린다면.

“여기야, 여기! 어서 와서 나를 잡아보라니까.”

일곱이 시끄러운 소리를 내며 난동을 피울 때였다. 벨트 가장자리에 매달린 채로 꾸물거리던 깜깜이가 질척이는 몸을 부풀려 순식간에 일곱에게 달려들었다. 잎새는 그 찰나를 놓치지 않고 호스 옆에 달린 손잡이를 당겼다.

그러나 딸깍 하는 소리만 날 뿐 물이 나오지 않았다. 잎새가 당황한 표정으로 분사구를 내려다보았다. 다시 손잡이를 조작해보았지만 분사구는 세찬 물줄기를 뿜어내기는커녕 미동도 없이 축 늘어져 있었다.

상황을 알아챈 깜깜이가 재빠르게 공격 상대를 바꾸었다. 잎새는 기겁한 나머지 쥐고 있던 호스를 떨어뜨리고 말았다.

"이런, 작전 실패다."

중얼거린 일곱이 주머니에서 물건을 꺼내 뒤돌아 있던 깜깜이를 겨냥해 던졌다. 허공을 가르며 늘어난 테이프가 솜씨 좋게 깜깜이를 휘어 감았다.

하지만 깜깜이는 몸집이 커진 만큼 기운 역시 세져 있었다. 대수롭지 않다는 듯 자신을 포박한 테이프를 터뜨려버렸다.

"하, 큰일인데."

일곱이 씹고 있던 풍선껌을 뱉어내 문 앞에 붙이고는 잎새에게 손짓했다.

"나가자."

잎새가 일곱과 함께 복도로 달려 나가는 순간 작업장 안에서 격렬한 요동과 함께 펑 하는 소리가 메아리쳤다. 둘은 동시에 바닥에 엎드렸다. 어깨를 으쓱거린 일곱이 일어나 무릎을 털었다.

"내가 말했지? 껌은 꼭 포장지에 싸서 버려야 한다고."

그러나 풍선껌의 공격에도 깜깜이는 치명적인 타격을 입지 않은 듯했다. 부르르 몸을 털어 껌 풍선의 잔해를 떨쳐내고는 거칠 것 없는 기세로 복도를 달음질했다.

일곱이 잎새의 손을 잡고 계단을 달려 내려갔다.

"이쪽이야."

깜깜이가 난간이며 층계참을 들이받으며 그들을 쫓아왔다. 잎새와 일곱이 정신없이 헤매다 도달한 곳은 어느 방이었다. 창고처럼 보이는 공간에 온갖 크기의 상자들이 천장에 닿을 만큼 무질서하게 쌓여있었다.

잎새가 숨을 시근덕거리며 상자 뒤편으로 기어 들어갔다. 일곱은 맞은편에 숨었다.

깜깜이가 발소리도 내지 않고 스르르 문턱을 넘어 들어왔다. 일곱이 다시에게 뭔가를 속삭였다. 다시가 일곱의 손에서 내려와 어딘가로 사라졌다.

상자 옆에 몸을 붙이고 깜깜이의 움직임을 주시하던 잎새가 마른침을 삼키면서 엉덩이를 끌었다. 잎새의 팔에 떠밀린 상자가 한쪽으로 기울어지더니 다른 상자들까지 한꺼번에 무너져 내렸다.

"잎새야!"

놀란 일곱이 주머니에서 물건을 꺼내 던지려고 했지만 손가락이 미끄러지면서 쥐고 있던 것을 놓치고 말았다. 일곱이 다시 한번 주머니에 손을 찌르면서 외쳤다.

"깜깜이가 너를 노리고 있어! 피해!"

깜깜이가 상자 더미를 무너뜨리며 잎새에게 덤벼들었다. 하지만 잎새의 동작이 그보다 더 빨랐다.

"나를 만만하게 보지 마."

벌떡 일어난 잎새가 스테이플러를 쥔 손을 휘둘렀다. 스테이플러 안쪽에서 심이 튕겨 나왔다. 심 네댓 개에 연이어 얻어맞은 깜깜이가 당황한 듯 점액질의 물질을 흘리며 허물어졌다.

그 사이 다시는 뒤죽박죽 쌓여있던 상자들을 타고 올라 천장 바로 아래에 다다라 있었다. 상자 끄트머리에서 곡예라도 하듯 팔을 벌리고 폴짝 뛰어올라서는 천장에 거꾸로 매달린 채 끈질기게 앞으로 나아갔다. 그러다 천장 한복판에 설치된 장치 근처에 이르러 접속 부위에 팔을 연결했다.

순간 사방에 경고음이 울려 퍼졌다.

“화재가 발생했습니다! 지금 당장 대피하세요!”

천장에서 세찬 물줄기가 쏟아져 내렸다. 일곱의 예상대로 그곳의 소화 장치는 문제없이 작동했다.

물을 뒤집어쓴 깜깜이가 밖으로 뛰쳐나갔다. 물 얼룩이 진 쪽지들이 아우성치듯 파닥거리며 그를 뒤따랐다.

일곱이 다시를 받아 어깨에 태워주었다. 초록색 머리카락은 물기에 젖어있었다.

“잘했어, 다시. 수고 많았어.”

일곱이 미소 띤 얼굴로 잎새를 돌아보았다.

“어서 깜깜이를 쫓아가자.”

계단으로 이어지는 복도에 점액질의 물질이 떨어져 있었다. 검고 끈적끈적하며 끔찍한 냄새를 풍기던 그 물질은 조금씩 투명해지더니 옅은 자국을 남기며 녹아내렸다.

그들이 로비에 도착했을 무렵 깜깜이는 이전과 같은 괴물이라고 할 수 없을 만큼 흐무러져 있었다. 원래 형체를 잃고 무수한 쪽지들에 감싸여 힘없이 흐느적거렸다. 그렇다고 그들을 피해 공장 밖으로 달아날 자신은 없는 듯했다. 바깥에는 아직 해가 지지 않았으니까. 쇠약해진 그 괴물은 빛 속으로 나가기를 두려워했다.

주머니에서 유리병을 꺼내든 일곱이 달래는 듯한 말투로 말했다.

"너도 그런 모습을 하고 있는 게 즐겁지만은 않겠지. 미안해, 너를 괴롭게 해서. 이제 이 모든 소동을 끝낼 때가 왔어."

일곱이 유리병의 뚜껑을 열려는 순간 쪽지 하나가 날아들었다. 일곱이 쪽지의 모서리에 이마를 쪼이고 비틀거리다 그만 쥐고 있던 유리병을 떨어뜨렸다.

그때만을 노리고 있었다는 듯 깜깜이가 일곱을 덮쳤다.

"안 돼!"

잎새가 비명을 터뜨렸다. 하지만 모두 끝난 건 아니었다. 일곱은 깜깜이에게 깔려 점액질의 물질에 온몸이 휘감긴 채로도 포기하지 않고 사투를 벌였다. 다시가 일곱을 도우려는 듯 다급히 곁을 뛰어다녔다.

"유리병! 유리병을 가져와. 깜깜이에게 희망을 먹여야 해."

일곱의 외침에 정신이 번쩍 든 잎새가 다시를 바라보며 목소리를 높였다.

"다시, 유리병을 내게 전달해줘!"

다시가 쏜살같이 로비를 가로질렀다. 맞은편으로 굴러가던 유리병을 온몸으로 멈춰 세우곤 방향을 바꿔 잎새가 있는 곳으로 밀어주었다.

잎새가 유리병을 잡아챘다. 뚜껑을 벗겨 던져버린 다음 병을 움켜쥐고 깜깜이에게 돌진했다.

"조금만 버텨, 일곱."

일곱은 깜깜이에게 머리부터 집어삼켜지고 있었다. 잎새가 유리병을 흔들어 그 안에 가라앉아 있던 물질을 쏟아부었다. 빛을 머금은 가루들이 나풀거리며 흘러나왔다.

"됐어. 이제 다 끝났다고."

잎새가 일곱을 잡아당기려는 순간 희망이 퍼뜨리는 광채에 닿아 조금씩 바스러지는가 싶던 검은 물질이 무시무시한 속도로 부풀어 올랐다. 깜깜이가 마지막 발악이라도 하는 것처럼 미처 녹아내리지 않은 몸뚱이를 밀어붙였다.

잎새는 눈 깜짝할 사이에 깜깜이에게 먹혀버렸다.

12

세 개의 문 그리고

'여기는 어디일까? 나는 이곳에서 뭘 하고 있었던 거지?'

잎새가 주위를 두리번거렸다. 기억을 떠올리려고 애써보았지만 그럴수록 머릿속이 뿌예지는 기분이었다. 누군가와 함께 있었던 것 같은데. 뭔가를 지키려고 했던 것 같은데. 기억의 조각들이 멋대로 흩어져 하나로 끼워 맞출 수 없었다.

세상이 온통 깜깜했다. 출구를 찾으려는 듯 이리저리 몸을 돌리던 잎새가 조심스럽게 동작을 멈추었다. 이유는 몰라도 함부로 행동해서는 안 될 것 같다는 예감이 들었다.

의아한 표정으로 다시 한 번 주변을 살피는 순간 저 앞에서 가느다랗게 뻗어 나오는 빛을 발견했다. 이상하네. 방금 전에는 아무것도 없었는데. 자세히 들여다보니 그것은 문이었다.

네모난 문틈으로 광채가 흘러나오고 있었다.

주춤거리던 잎새가 그쪽으로 다가갔다. 그 문을 열면 어떤 일이 벌어질까 걱정스러웠다. 하지만 그렇다고 이곳에 계속 머물러 있고 싶지는 않았다. 이 어둠 속에서는 머지않아 자기 자신조차 송두리째 잃어버릴 듯했다.

잎새가 문을 밀자 빛이 쏟아져 들어왔다. 눈살을 찌푸린 채 겨우 걸음을 뗀 잎새는 다음 순간 자신이 거실의 소파에 앉아있다는 것을 깨달았다. 부모님은 테이블 건너에 마주 서 있었다.

잎새는 수년 전의 어느 날로 되돌아가 있었다. 잎새는 그날이 언제인지 기억했다.

그때 잎새 가족은 외출을 앞두고 있었다. 말다툼은 항상 그렇듯 우연히 시작돼 걷잡을 수 없을 만큼 심각해졌다.

얼굴을 일그러뜨린 아빠가 다짜고짜 언성을 높이기 시작했다.

"나더러 대체 어쩌라고? 내가 뭘 그렇게 잘못했다는 거야?"

"당신이 언제 우리에게 관심이나 있었어?"

엄마가 새된 음성으로 맞받아쳤다. 잎새가 함께 거실에

있다는 걸 까맣게 잊은 듯한 태도였다.

고함 소리가 쩌렁쩌렁하게 집안을 울렸다. 그 소리에 충격을 받은 잎새가 어쩔 줄 몰라 하며 소파 위로 다리를 끌어올렸다. 이 소란으로부터 스스로를 보호하려는 것처럼, 마치 이 세상에서 사라지고 싶은 것처럼 조그맣게 몸을 움츠렸다.

"그래, 헤어져. 그게 제일 쉬운 해결 방법이잖아. 안 그래?"

"알았어. 그렇게 할게. 이혼하면 되잖아."

아빠가 서재로 걸어갔다. 쾅 하고 문이 닫혔다.

꼿꼿한 자세로 등을 세우고 있던 엄마가 허물어졌다. 테이블 모서리를 짚은 손이 떨리고 있었다. 잎새가 간신히 소파에서 일어났다. 우는 엄마를 위로하고 싶었지만 입이 떨어지지 않았다. 엄마, 속상해하지 마. 나는 늘 엄마 편이야. 소리로 만들어내지 못한 말들이 혀끝에서 맴돌았다.

엄마의 심정을 헤아리기에는 잎새 자신의 괴로움이 너무나도 컸다. 무수한 감정들이 한꺼번에 살갗을 찌르고 숨통을 조이는 느낌이었다. 나도 여기에 있다고. 왜 아무도 나를 신경 써주지 않아? 왜 나를 없는 사람 취급하는 거냐고?

이 순간 잎새는 무기력한 존재였다. 엄마 아빠의 다툼을 묵묵히 지켜볼 수밖에 없었다. 자신이 하지 않은 일들로 죄책감을 느껴야 했다. 엄마가 행복하기를 원하면서도 엄마의 행복이 자신의 불행으로 돌아올 수 있음을 인정하고 싶지 않았다.

창백하게 질린 잎새가 벽에 손을 댄 채로 뒷걸음질했다. 이곳에서 달아나고 싶다고 생각하는 순간 손가락 끝에 어떤 물체가 스쳤다. 매끄럽고 단단한 표면, 문이었다.

밖에 무엇이 있는지 가늠할 겨를도 없이 문을 밀어젖혔다. 머리 위로 하얗게 빛이 부서졌다.

정신을 차려보니 잎새는 책상 앞에 앉아있었다. 연필을 쥔 손을 내려다보며 과거 어느 때로 돌아가 있는지 깨우쳤다. 초등학교 6학년 때의 교실이었다.

왜 하필이면 이 순간일까? 두 번 다시 되새기고 싶지 않은 기억인데.

잎새가 식은땀을 흘리며 입속말을 중얼거렸다. 이건 실제가 아니야. 상상 속에서 벌어지는 일이라고. 그런데도 지금 막 이 상황을 겪는 것처럼 눈가가 움찔거리고 심장이 쿵쾅거렸다.

옆에서 웃음기 어린 말소리가 들렸다. 잎새는 시선을 돌려

그쪽을 곁눈질하지 않기 위해 안간힘을 써야 했다.

“어제 거기서 버블티를 마셨거든.”

“뭐야, 나도 부르지 그랬어.”

“미안. 다음번에는 문자 보낼게.”

대답한 지아가 다정한 말투로 덧붙였다.

“민서야, 이번 주말에는 어디로 놀러 갈까?”

잎새가 손에 쥐가 날 만큼 세게 연필을 거머쥐었다.

잎새는 민서와 지아가 대화를 나누는 모습을 보고 싶지 않았다. 그 둘이 서로를 마주 보며 웃음을 터뜨리는 소리를 듣고 싶지 않았다.

잎새는 민서를 향해 있는 힘껏 고함을 지르고 싶었다. 제일 친한 친구라고 했잖아. 다른 아이들과는 다르다고 했잖아. 너는 한 번도 내 친구였던 적이 없어. 진짜 친구였다면 나를 그렇게 대하지는 못했을 거야. 너는 나를 네 편한 대로 조종하고 싶었을 뿐이야.

그런가 하면 지아에게 호소하고 싶었다. 내게 무슨 상황이냐고 물었다면 솔직하게 설명했을 거야. 오해를 풀 수 있었을 거야. 왜 해명할 기회도 주지 않고 나에 대해 성급하게 판단

내린 거니?

잎새의 손가락에서 연필이 굴러 떨어졌다. 더는 그 자리를 지키고 있을 자신이 없었다. 열이 나고 머리가 지끈거렸다.

교실 문 사이로 빛이 흘러넘치고 있었다. 잎새가 넘어질 듯 휘청대며 문을 열고 나갔다.

햇살이 눈부셨다. 문밖 풍광이 또 한 차례 돌변해 있었다. 이곳은 어디일까? 이번에는 과거 언제로 돌아와 있는 거지? 잎새가 팔을 들어 붉어진 낯을 가렸다.

저 앞에서 한 소녀가 포플러 나무가 우거진 길을 걷고 있는 것이 보였다. 하윤이 뒤를 돌아보지 않고 잎새를 향해 손짓했다.

"잎새야, 어서 와."

잎새는 하윤을 따라가고 싶었지만 다리가 움직이지 않았다. 하윤은 점차 멀어졌다. 더 먼 곳으로 나아가는 것만이 세상에서 가장 중요한 일이라는 듯 경쾌하게 발을 놀렸다.

잎새가 손을 뻗었다. 하윤의 이름을 소리쳐 부르려고 했지만 목소리가 나오지 않았다. 하윤아, 나를 두고 가지 마. 조금만 기다려줘. 나는 겁쟁이야. 너처럼 씩씩하게 달려 나갈 수 없어.

잎새가 흑흑 소리 내어 울며 얼굴을 감쌌다. 자신을 혼자 내버려둔 하윤이 야속했다. 등을 보인 채로 자기들끼리 시시덕거리던 아이들이 미웠다. 이혼을 선택한 부모님이 원망스러웠다.

그러나 가장 싫었던 건 바로 아무것도 하지 못하는 자기 자신이었다.

왜 아무도 내 마음을 몰라주는 걸까? 마음과 마음은 곧바로 연결될 수 없을까? 말하지 않은 것들까지 알아달라는 건 무리한 부탁일까?

잎새가 서로 다른 감정에 사로잡혀 흐느끼고 있을 때 발밑에 드리워져 있던 그림자가 꿈틀거리기 시작했다. 검은 얼룩 같은 것이 다리를 타고 팔로, 어깨로, 머리로 기어 올라왔다.

그와 동시에 주변 풍경이 시커멓게 차올랐다. 까만색 크레파스를 힘주어 칠한 것처럼 그림자가 하윤을 지우고 포플러나무 길을 뒤덮더니 찬란하게 내리 쏟아지던 별마저 물들여 버렸다.

이제는 어떤 문도 보이지 않았다. 더 이상은 도망칠 곳이 없었다. 문득 이대로 여기에 머물러도 괜찮을 듯했다. 그러면 상처 받는 일도 없을 테니까. 이 안에 숨어있을 수만 있다면 조금도 괴롭지 않을 테니까.

몸을 웅크리고 점점 더 깊은 어둠 속으로 빠져들고 있을 때 멀리서 무슨 소리가 들렸다. 작고 희미하던 그 음성은 문 사이로 스미는 빛처럼 잎새가 도사린 곳까지 까마득하게 메아리쳤다.

그건 어떤 목소리였다.

"잎새야, 잎새야."

그 이름을 어디에서 들었더라. 어느새 잎새는 자신의 이름마저 잊어버렸다.

"나는 너와 같이 돌아갈 거야. 너를 여기에 혼자 두지 않을 거야. 그러니까 일어나. 제발 부탁이야."

그 목소리를 듣고 있으려니 굳어있던 손끝이 움직였다. 꼭 감은 눈 위로 한 줄기 광휘가 느껴졌다. 닫혀있던 상자가 열리고 있었다.

'저건 내 이름이야. 하윤이가 나를 부르고 있어. 가야 해.

용기를 내야 해. 놓치면 안 돼.'

고개를 든 잎새가 온힘을 다해 손을 내밀었다. 그 순간 누군가가 그의 손목을 붙들었다. 아주 세게, 다시는 놓치지 않겠다는 듯이.

잎새는 거친 숨을 토하며 부글거리는 물거품 속에서 헤어 나왔다. 하윤이 일곱과 함께 잎새에게 묻은 거품을 밀어내면서 고함을 질렀다.

"잎새가 깨어났어! 잎새가 깨어났다고!"

그러더니 잎새를 자기 쪽으로 당기곤 와락 끌어안았다.

"어디 아픈 데는 없고? 괜찮은 거야?"

"응, 나는 괜찮아."

잎새가 뺨에 튄 물거품을 닦으며 대답했다.

"네가 무사해서 정말 다행이야."

하윤이 훌쩍거렸다. 덩달아 눈시울이 붉어진 잎새가 안경을 올리고 눈가에 맺힌 눈물을 훔쳤다.

손을 털며 일어난 일곱이 눈인사를 건넸다. 한시름 놓았다는 듯 다시가 가슴을 쓸어내렸다.

잎새가 그들을 향해 미소를 지어 보였다.

로비에서는 물거품으로 변한 마음들이 바람결에 떠밀려 다니고 있었다. 방울방울 떠올라 무지갯빛으로 반짝였다. 무너진 벽 저편에서 저녁놀이 번지고 있었다.

평화를 되찾은 이 세계가 무척 아름다웠다.

13

돌아갈 시간

하윤이 상황을 설명해주었다.

"나는 단번에 풀려났어. 네가 병에서 희망을 쏟아내는 바로 그 순간에. 정신을 차리고 보니 깜깜이가 너한테 옮겨 붙어 있더라고. 잠깐 사이에 머리끝까지 뒤덮어버려서 얼굴도 보이지 않고. 일곱이랑 같이 어떻게든 너를 끌어내려고 했는데 까맣고 끈적끈적한 물질이 손에 달라붙어서 힘들었어. 그래도 포기하지 않고 네 이름을 부르면서 엉겨 붙은 마음들을 걷어냈지. 그나마 희망이 닿은 부분부터 조금씩 물거품으로 녹아내려서 네 손을 잡을 수 있었던 거야."

잎새가 말했다.

"있지, 나 어딘가에 갇혀있었던 것 같아. 아마도 내 마음 깊은 곳에. 아주 깜깜했어. 혼자서는 도저히 빠져나올 수 없을 만큼. 그러다 네 목소리를 들었어. 네가 내 이름을 부르는 소리를 듣고서야 나를 되찾을 수 있었어. 용기를 낼 수 있었어. 하윤아, 정말 고마워."

"고맙긴. 뭘 그런 걸 갖고."

하윤이 쑥스러워하며 웃었다. 물거품들이 다채로운 광채를 퍼뜨리면서 연이어 터지고 있었다.

환한 얼굴로 그 광경을 둘러보던 하윤이 어느 한 지점에서 시선을 멈추었다.

"저게 뭐지?"

잎새가 같은 곳으로 눈길을 던졌다.

로비 이곳저곳에 흩어져 있던 쪽지들이 하나둘 날아오르고 있었다. 어떤 신비한 힘에 이끌린 것처럼 접힌 자국을 펼쳤다 접으며 공중으로 솟구쳐 오르고 있었다. 새처럼 나비처럼 파닥거리며 허공을 맴돌다 하나로 이어지더니 희고 견고한 형상을 이룬 채로 무너져 내린 벽 밖으로 높다랗게 뻗어나갔다.

"꼭 다리 같지 않아?"

잎새가 안경을 고쳐 쓰면서 물었다.

“그야 진짜 다리니까. 이 순간 너희들 마음속 소망을 이루어주려는 거지. 저 쪽지들에게는 그런 능력이 있으니까.”

일곱이 하윤을 대신해 대답했다.

“그, 그럼 저게 바로.”

하윤이 말끝을 흐렸다. 일곱이 고개를 끄덕였다.

“맞아. 집으로 돌아갈 시간이야.”

14

꼭 다시

하윤이 믿어지지 않는다는 듯 눈을 동그랗게 떴다. 눈에서 시작된 미소는 금세 얼굴 전체로 번졌다.

"집으로 돌아갈 수 있게 됐대!"

하윤이 벌떡 일어나더니 큰소리로 웃음을 터뜨렸다.

"우리가 해냈어! 잎새야, 우리가 해냈다고!"

다시가 하윤의 옆에서 함께 뜀박질했다. 하윤이 다시를 들어 어깨에 앉혀주었다.

잎새가 천천히 몸을 일으켰다. 입가에 피어난 미소를 감추며 한 발짝 옆으로 물러나 있던 일곱을 넘겨보았다. 가슴 안쪽이 간질간질했다. 자칫 들뜬 기분을 못 이기고 아무 얘기나 무작정 해버릴 것 같았다.

목청을 가다듬은 잎새가 최대한 침착한 어투로 말했다.

"시간이 좀더 있을 줄 알았는데. 아쉬워. 공장을 치우는 걸 돕지도 못하고."

일곱이 손사래를 쳤다.

"괜찮아. 내가 당연히 해야 하는 일인걸. 고생은 하겠지만 금방 끝낼 수 있을 거야. 이참에 새로운 설비들을 도입해보려고. 특히 소화 장치는 고장 나지 않도록 꼼꼼하게 손봐야지."

"일이 이렇게 마무리되다니 아직도 믿어지지 않아. 정말 무서웠는데."

"나도. 혼자서는 절대 할 수 없었을 거야."

일곱이 깜깜이가 쓰러져 있던 곳을 주시하며 덧붙였다.

"덕분에 그 마음들도 평온해졌을 거야. 비로 내리고 바람으로 불고 무지개로 떠오를 수 있게 됐을 거야. 네 덕분이야."

잎새가 같은 곳을 바라보았다. 깜깜이가 있던 자리에는 이제 아무것도 남아있지 않았다. 시커멓게 뭉쳐있던 물질들은 물거품으로 변해 사라졌다. 그러나 그들 역시 과거 어떤 이의 마음이었다. 괴물의 형상을 유지한 채로 더 큰 고통에 시달리지 않도록 도울 수 있어 얼마나 다행인지 몰랐다.

잠시 말이 없던 잎새가 숙이고 있던 얼굴을 들면서 물었다.

"저기, 일곱, 우리 나중에 다시 만날 수 있을까?"

그 질문을 한 건 자신도 모르게 병 밖으로 밀려 나온 희망 몇 조각을 호흡했기 때문일까? 아니면 그 순간 일곱이 지어 보인 미소 때문일지도.

하지만 잎새는 그 질문을 한 것을 후회하지 않았다.

"나도 모르겠어. 《세계 도감》에 그런 이야기는 나와있지 않아서."

일곱이 낯을 붉히며 우물거렸다.

"하지만 불가능한 일은 없으니까, 나도 꼭 그럴 수 있기를 바라니까 가능하지 않을까?"

잎새가 힘차게 고갯짓했다.

"응. 나도 그랬으면 좋겠다."

부끄러움을 감추려는 듯 달아오른 목을 쓸어내린 일곱이 몸을 돌려 쪽지로 만들어진 다리를 가리켰다.

"어서 가. 길이 사라져버리기 전에."

다시가 하윤의 어깨에서 뛰어내려 일곱의 팔로 옮겨 갔다. 하윤이 다시에게 인사했다.

"잘 지내, 다시. 너는 내가 아는 가장 멋진 태엽인형이야."

다시 역시 하윤을 향해 정중하게 작별 인사를 건넸다. 하윤이 잎새에게서 책가방을 넘겨받았다. 가방을 멘 하윤이 일곱에게 다가들었다.

"잊지 못할 거야, 너도, 이 세계도."

일곱이 하윤에게 마주 인사하며 다짐이라도 하듯 반복해 말했다.

"응, 나도. 절대 잊지 않을 거야."

다시가 일곱의 어깨를 디디고 서서 손을 흔들었다.

로비 끝으로 걸어간 하윤이 쪽지로 이루어진 다리 위로 한 걸음을 내디뎠다. 혹시라도 발이 빠지지는 않을까 염려했지만 다리는 예상보다 훨씬 견고하게 그를 떠받쳐주었다. 안심한 하윤이 내처 두어 걸음을 뗐다.

멈칫거리던 잎새가 뒤를 돌아보았다. 일곱은 그때까지도 같은 자리에서 잎새를 바라보고 있었다.

잎새가 중얼거렸다.

"우리 꼭 다시 만나."

잎새가 다리로 걸어 올라갔다. 그 위에서 바라보는 저녁 하늘이 이루 말할 수 없을 만큼 아름다웠다.

다리는 낮달이 떠있는 하늘 저편에 난 구멍으로 이어졌다. 그 세계와 맞닿아 있는 길이었다.

다리를 모두 건넌 하윤이 구멍 속으로 뛰어들며 외쳤다.

"잎새야, 서둘러."

잎새가 마지막으로 뒤돌아보았을 때도 일곱은 그를 지켜보고 있었다.

"안녕."

하고 속삭인 잎새가 길로 달려 들어갔다. 등 뒤에서 쪽지들이 무너지면서 길의 입구가 닫혔다.

그 길은 검고 둥글었으며 말랑말랑하면서도 탄력이 있었다. 또 한 차례 길이 나뉘고 하윤과 잎새는 빙그르르 돌면서 거의 동시에 왼쪽 길로 내려갔다.

그때 하윤의 청바지 뒷주머니에 꽂혀있던 편지가 꼼지락거렸다. 잠시 후 주머니에서 빠져나온 편지가 날갯짓하듯 파닥거리며 오른쪽 길로 미끄러졌다.

하윤이 잎새에게 말했다.

"우리 여기에서 헤어져야 하나봐. 네 편지가 나를 안내해주고 있어.”

잎새가 왼쪽 길로 흘러 들어가며 대답했다.

“응. 이따 봐.”

“전화할게.”

하윤의 음성이 멀어졌다.

그로부터 한참 동안 길을 타고 내려가던 잎새가 시선을 돌렸다. 잎새가 신은 부츠의 끈이 풀리고 있었다.

잎새가 고개를 끄덕였다. 그 신발은 이 세계에 속한 물건이므로 그 세계로는 갈 수 없는 모양이었다. 스스로 매듭을 끄르고 헐거워진 부츠가 잎새의 발에서 벗겨져 나갔다.

입가에 손을 마주한 잎새가 반대편으로 굴러가는 부츠를 향해 목소리를 높였다.

“그동안 고마웠어.”

그런 다음 먼 곳에서 새어 나오는 빛을 응시했다. 엄마, 나 돌아가고 있어. 집으로, 엄마에게로.

잎새는 속도를 늦출 새도 없이 빛 속으로 나아갔다.

3장

이 세계에서 그 세계로

1

바뀌지 않은 것

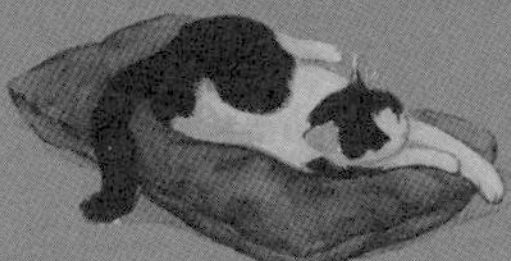

잎새가 이마 위로 밀려 올라간 안경을 내렸다. 운동장을 몇 바퀴나 돈 것처럼 온몸이 욱신거렸다. 방바닥에 눌려 있던 뺨 한쪽이 얼얼했다.

상체를 일으키고 얼룩이 진 안경알을 닦을 무렵 차츰 기억이 돌아왔다. 안경을 쓰고 여러 번 주위를 휘둘러본 뒤에야 확신할 수 있었다. 정말 끝났구나. 나는 무사히 원래 세계로 돌아왔어.

잎새가 제 방의 풍경을, 책상과 침대, 책장과 옷장, 흰색 벽지를 바른 벽과 야광별 스티커를 붙인 천장을 난생 처음 보는 것처럼 하나하나 찬찬히 뜯어보았다. 그러다 쿡쿡거리며 웃고 말았다. 뭐야, 남의 방에 들어온 것처럼. 이 집에서 몇

넌을 살았는데.

바닥을 짚고 일어서려다 옆을 돌아보았다. 마음 수거함은 여전히 그의 방에 놓여있었다. 팔을 뻗으면 닿을 만한 곳에, 조금의 움직임도 없이 얌전하게.

잎새가 손가락 끝으로 슬쩍 상자를 밀어보았다. 상자는 꿈쩍도 하지 않았다. 강렬한 빛을 뿜어내지도, 달그락거리며 무수한 쪽지들을 쏟아내지도 않았다.

하지만 잎새는 그 상자가 무슨 일을 할 수 있는지 알았다. 상자에 손을 대고 속삭여주었다.

"덕분에 잘 다녀왔어. 정말이지 놀라운 모험이었어."

그때 가까운 곳에서 진동 소리가 났다. 휴대폰은 책상 아래에 굴러 들어가 있었다. 휴대폰을 집어든 잎새가 발신자를 확인하고 황급히 통화를 연결했다.

"하윤아."

"응, 잎새야. 잘 도착했어?"

하윤이 명랑하게 물었다. 방금 전까지만 해도 같이 있었는데. 잎새는 그 길의 마법이 놀랍기 그지없었다.

"응. 너도 잘 도착했어?"

“물론이지. 그래도 이번에는 착지를 제대로 했지 뭐야. 속도 조절을 못해서 쿠션에 머리를 박기는 했지만. 아직도 속이 울렁거리는 느낌이야. 그 길 구불구불해서 은근히 멀미 나지 않았어?”

“맞아. 나도 그랬어.”

“시계를 보고 깜짝 놀랐잖아. 날짜가 바뀐 줄 알고 달력까지 찾아봤다니까. 그런데 잘못 본 게 아니었어. 거기에서 거의 하루를 보낸 것 같은데 여기에서는 그 반의 반도 안 지났더라고. 이 세계와 그 세계에서는 시간이 다르게 흐르나봐.”

“와, 진짜.”

잎새가 놀란 눈초리로 벽시계를 올려다보았다. 열한 시 구분. 마음 수거함에 끌려 들어간 지 두 시간도 지나지 않은 상태였다.

“다행이다. 엄마한테 어떻게 설명해야 할지 걱정하고 있었는데.”

침대 옆에 등을 댄 잎새가 바로 앞에 놓인 상자를 응시하면서 덧붙였다.

“하윤이 네 방에도 그 상자가 있어?”

"응. 그런데 한 번도 열린 적 없는 것 같아. 꼭 닫혀있어."

"내 상자도 그래. 신기하지?"

"있지, 나는 아무래도 저 상자를 쓰지 못할 것 같아."

"그럼 다른 사람에게 보내줄 거야? 붉은색 리본을 묶어서?"

"음, 그 전에 동생에게 가져다주려고."

하윤의 말소리가 나직해졌다.

"그 책이랑 같이 선물해주고 싶어. 네 이모가 쓰신 책《마음 수거함》말이야. 나보다는 동생에게 훨씬 더 필요한 물건 같으니까. 왜냐하면 이 동네로 이사하기 전에……."

하윤은 잎새에게 그들 가족이 이곳으로 오게 된 진짜 이유에 대해 들려주었다. 지난번에는 솔직하게 말하지 못해 미안하다는 사과와 함께.

"그렇다고 너와 그곳에서 겪은 일들까지 모조리 말해버리려는 건 아니고. 그래도 그 책을 읽으면 동생도 그 상자가 마음 수거함이라는 사실을 자연스럽게 알게 될 테니까. 나처럼 상자를 쓰지 않을 수도 있지만 혹시 모르잖아? 그러다 동생도 상자가 필요 없게 되면 그때 같이 떠나 보내주려고."

잎새는 상상해보았다. 캄캄한 밤, 두 소녀가 집 옥상으로 올라가는 모습을. 하윤이 마음 수거함에 붉은색 리본을 둘러 건네주면 하서는 이를 받아 머리 위로 높이 들어 올릴 것이다. 그러면 작별의 순간을 예감한 상자의 위쪽에서 투명한 날개가 돋아날 것이다.

마음 수거함은 날개를 파닥거리며 하서의 손을 떠나 훨훨 날아오를 것이다. 그러는 동안 밤하늘에서는 별과 희망이 자매를 축복하며 반짝이는 빛의 가루를 뿌려줄 것이다. 그날 밤 그들이 아무런 걱정도 하지 않고 단잠을 이룰 수 있도록.

잎새는 곧 이모의 책을 다 읽어야겠다고 다짐했다. 하고 싶은 일이 많았다. 해야 할 말도 많았다.

"나 하나만 물어봐도 돼?"

잎새가 주저하다 물었다.

"응, 뭔데?"

"하윤이 너는 아직도 내가 나답지 않은 것 같아? 네가 아는 이잎새가 아닌 것처럼 느껴져?"

"뭐, 조금은."

대답한 하윤이 서둘러 덧붙였다.

"그렇지만 어때. 나도 변했을 텐데. 맨 처음 만났을 때의 송 하윤과는 다른 사람일 텐데."

"우린 친구야?"

잎새가 또 한번 물었다.

"당연하지! 단짝이지!"

하윤이 깔깔거렸다. 잎새 역시 참지 못하고 웃음을 터뜨렸다.

그러는 내내 상자는 그들의 대화를 엿듣고 있었다. 아무것도 모르는 것처럼 시치미를 뚝 떼고.

2

사과할 용기

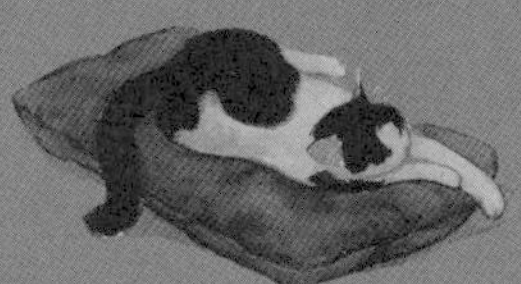

층계참에 난 창문에 별이 어려있었다. 잎새가 팔에 건 종이 봉투를 바로잡으며 계단을 올라갔다. 길어진 앞머리가 눈썹 위에서 흔들렸다.

마지막 계단에서 발을 뗄 즈음에는 늘 그렇듯 호흡이 가빠졌다. 문 앞으로 다가간 잎새가 결심을 다잡으려는 듯 숨을 들이켜곤 초인종을 향해 손을 뻗었다.

딸깍 하는 소리와 함께 종소리가 끊기더니 인터폰에서 이모의 목소리가 들렸다.

"누구세요?"

"이모. 나야, 잎새."

"시간 맞춰 왔네. 잠시만."

문이 열리고 이모가 환한 얼굴로 잎새를 맞았다.

"더운데 계단 올라오느라 힘들었지?"

"아니, 괜찮아."

현관 옆에는 잎새가 놓아두고 간 우산이 깔끔하게 접힌 채로 세워져 있었다. 잎새가 의자에 앉자 이모가 앞으로 선풍기를 끌어주었다. 창문을 활짝 열어두어서인지 작업실 안은 비교적 시원했다.

수납장에서 유리잔 두 개를 꺼낸 이모가 냉장고 문을 열면서 물었다.

"날씨도 덥고 해서 매실차를 한 잔 마실까 하고 있었는데. 어때, 잎새 너도 마셔볼래?"

"응, 좋아."

잎새가 긴장한 표정으로 무릎에 손바닥을 얹었다. 땀이 식고 있었다. 선풍기 바람에 날리는 머리카락을 정돈하면서 슬쩍 창밖으로 눈길을 던졌다. 지난번에 마주쳤던 얼룩 고양이를 다시 만나지 않을까 기대해보았지만 아쉽게도 오늘은 그런 행운을 누릴 수 없는 모양이었다.

이모가 얼음과 매실청을 준비했다. 라디오에서 피아노곡

이 흘러나오고 있었다. 책상 위에 펼쳐진 책의 가장자리가 나풀거렸다. 메모지 한 장이 책상 모서리에 떨어질 듯 말 듯 아슬아슬하게 붙어있었다.

잎새가 펼치고 있던 손을 오므렸다. 이모가 테이블 건너에서 움직이는 모습을 지켜보고 있으려니 굳었던 어깨가 펴지면서 차분해졌다.

이모가 얼음을 넣은 매실차를 가지고 왔다. 잎새 앞에 한 잔, 자기 몫으로 또 한 잔. 테이블 맞은편에 자리를 잡고 앉아 이모가 물었다.

"점심은 먹었어?"

"응, 엄마랑 샌드위치 만들어 먹었어. 이모는?"

"마침 메뉴가 같았네. 나도 샌드위치를 먹었는데."

잎새가 느릿느릿 용건을 꺼냈다.

"사실 나 이모한테 해야 할 이야기가 있어."

"무슨 이야긴데?"

이모가 매실차 한 모금을 마시곤 물었다. 땀이 밴 손을 편 잎새가 의자 옆에 내려놓은 책가방을 끌어올렸다.

"그 전에 이걸 먼저 돌려줘야 할 것 같아."

잎새가 가방에서 꺼내 테이블에 올려놓은 건 자그마한 나무 상자였다. 상자를 넘겨다본 이모가 의아한 눈초리로 잎새를 응시했다.

"미안해, 이모. 나 이모의 허락도 받지 않고 이 상자를 가져갔어. 그래 놓고 그런 적 없다고 거짓말을 했어."

잎새가 자꾸만 작아지는 목소리를 돋우었다. 말끝이 떨렸다.

"더는 숨기고 싶지 않았어. 부끄러웠으니까. 미안했으니까. 내가 저지른 잘못에 대해 사과하고 싶어."

"음, 잠깐만. 이건 짚고 넘어가야겠다."

이모가 잎새와 똑바로 시선을 맞추며 얘기를 이었다.

"잎새야, 어떤 경우라도 남의 소지품에 함부로 손대면 안 돼. 아무리 그 사람에게 필요 없는 물건처럼 보인다고 해도 마찬가지야. 왜냐하면 그건 그 사람의 것이니까. 자신에게 불리한 상황에서 벗어나기 위해 거짓말을 꾸며내는 것도 안 돼. 알겠지? 부디 내 당부를 잊지 말아줬으면 해."

"응, 이모. 약속할게."

잎새가 눈물을 글썽이며 고개를 끄덕였다.

"그렇지만 이 상자는 네 거야."

잎새가 제 귀를 의심하는 것처럼 젖은 눈을 깜빡였다. 미소를 띤 이모가 네가 제대로 들은 게 맞다는 듯 마음 수거함을 잎새 쪽으로 밀어주었다.

"네가 사과를 했기 때문이야. 내가 그 사과를 받아들였기 때문이고. 게다가 나는 이 상자의 의사를 존중해주고 싶거든. 이 상자는 네게 가기를 스스로 선택했을 거야. 마음 수거함은 그런 물건이니까."

"이 상자를 나한테 주겠다고? 그래도 돼?"

이모가 후후 웃으면서 대답했다.

"물론이지. 너도 이제 깨달았을 텐데. 이 상자는 평범한 물건이 아니라는 걸. 전혀 다른 세계에서 왔다는 걸."

이모도 이 상자의 정체에 대해 알고 있었어. 그래서 그 책을 쓴 거였어. 그렇다면 설마.

잎새가 흥분한 말투로 물었다.

"이모도 이 세계에 다녀온 적 있어? 길을 넘어간 적 있어? 공원이자 공장장을 만난 적도 있고?"

"이 세계라고?"

"응, 그 세계가 아니라 이 세계. 그 세계를 도와주는 세계."

이모가 무슨 뜻인지 모르겠다는 듯 머리를 갸웃거렸다.

"이 세계라, 글쎄다. 내가 너한테 들려주고 싶은 얘기는, 책이란 읽는 사람이 이해하기 나름이라는 거야. 그러니까 한 권의 책을 백 명의 독자들이 읽는다면 백 권, 나아가 그 이상의 서로 다른 책들이 존재하게 되는 셈이지."

금속테 안경 뒤에서 두 눈이 상냥한 곡선을 그리고 있었다. 잎새가 그 말을 곱씹는 사이 매실차 한 모금을 더 마신 이모가 부드러운 말투로 덧붙였다.

"잎새 네 경험과 내 경험이 꼭 같을 수는 없겠지. 하지만 이것만은 알아줬으면 해. 나도 한때 길을 잃은 적이 있어. 상자에 갇힌 적이 있어. 누구에게나 그런 순간이 있을 거야. 어렸을 때는 물론이고 어른으로 자라난 후에도. 어쩌면 잎새 네 엄마도 그렇지 않을까? 하지만 그보다 더 중요한 건."

그러곤 잎새 앞에 놓인 유리잔을 건드리며 말했다.

"네가 차를 한 모금도 안 마셨다는 거지. 어서 마셔봐. 시원할 거야."

잎새는 자신도 모르게 활짝 웃고 말았다. 손을 내밀어 유리잔을 쥐려다 아차 소리를 냈다.

"그걸 먼저 꺼냈어야 했는데."

"그게 뭐야?"

이모가 물었다. 잎새가 종이봉투를 집어 들면서 대답했다.

"같이 먹으려고 사왔어. 맛있을 것 같아서."

잎새가 건넨 봉투의 내용물을 확인한 이모가 기쁜 표정으로 의자를 밀고 일어섰다.

"망고 케이크잖아. 엄청 맛있어 보이는데. 기다려봐. 기왕이면 예쁜 접시에 내놓는 게 좋겠지."

이모가 콧노래를 흥얼거리며 수납장 쪽으로 걸어갔다. 잎새가 몰래 눈가에 맺힌 눈물을 닦았다. 다행이다. 이모가 사과를 받아줘서.

둘은 선풍기 바람을 맞으면서 매실차를 마셨고 망고 케이크를 나눠 먹었다.

잎새는 이모가 한때《마음 수거함》속 주인공 소녀처럼 모험 길에 오른 적이 있으리라고 확신했다. 하지만 잎새는 그 이상 묻지 않았고 이모 역시 말하지 않았다.

언제 들어왔는지 얼룩 고양이가 라일락 화분 옆에서 낮잠을 자고 있었다. 바람결에 나뭇잎이 나풀거릴 때마다 희미하게 종소리가 났다.

잎새가 발걸음을 빨리했다. 차단기가 올라간 건널목을 건넌 하윤이 잎새를 보자마자 손을 흔들었다.

"여기야, 여기."

"날씨가 엄청 덥다, 그치?"

잎새가 하윤에게 다가가면서 인사했다. 하윤이 쓰고 있던 헤드폰을 내려 목에 걸치며 대답했다.

"그래도 바람은 시원하지 않아? 이모랑 얘기는 잘 마쳤어?"

"다행히도."

잎새가 코끝을 찡긋거리며 우물거렸다. 그것이 잎새 나름대로 안도감을 표시하는 방식임을 알아챈 하윤이 그의 어깨에 손을 올리며 너스레를 떨었다.

"불러줘서 고마워. 마침 나가 놀고 싶어서 몸이 근질거리던 참이었는데."

"더운데 우리 아이스크림 먹으러 갈까?"

"응, 좋아."

둘은 도란도란 이야기를 주고받으며 큰길을 향해 걸었다.

오늘 잎새는 올해 처음으로 반소매 티셔츠를 입었다. 살갗에 스치는 바람이 산뜻했다. 여름이 부쩍 가까워져 있었다. 하윤이 목 뒤에 손을 대고 재잘거렸다.

"오늘 아침에도 푸딩이 하나 없어진 거야. 그래서 언니한테 참다 못해 한마디를 했거든."

머리를 주억거린 잎새가 옆을 넘겨보았다. 울타리를 휘감은 담쟁이덩굴이 싱그러웠다.

잎새가 시선을 들었다. 높다란 나무 사이로 짙푸른 하늘이 엿보였다. 뭉게구름이 하얗고 포슬포슬해 보였다.

맞은편에서 빨간색 모자를 쓴 소녀가 은색 자전거를 타고 나타났다. 잎새가 신은 연보라색 운동화에는 노란색 물감이 튀어있었고 햇살을 머금은 하윤의 눈동자는 밝은 갈색이었다.

"이번에는 엄마도 언니 편을 못 들더라고. 당연하지. 내가 틀린 말을 한 게 아니니까."

넘쳐흐르는 듯한 빛 속에서 잎새가 환한 미소를 짓고 있을 때였다. 골목 안쪽에서 그림자를 앞세우고 한 사람이 걸어

나왔다. 상대의 얼굴을 확인한 잎새가 무의식적으로 주춤거렸다. 발걸음을 멈추기는 했지만 물러서지는 않았다.

그 순간 긴 머리의 소녀 역시 잎새를 알아보았다.

잎새가 디딘 발에 힘을 주었다. 내면이 온갖 색으로 물결치는 듯했다. 눈이 아플 만큼 선명하던 그 색들은 한데 뒤엉켜 새까맣게 녹아내렸다. 생생하게 되살아난 분노와 미움, 외로움과 슬픔, 두려움과 불안 따위가 크고 난폭한 손으로 뒤바뀌어 잎새를 움켜쥐려는 찰나 미풍 한 줄기가 목덜미를 스쳐지났다.

하얗게 번지던 그 바람 때문이었을까, 잎새는 과거에서 벗어나 주말 오후의 거리로 순식간에 되돌아왔다. 잠깐 사이 손바닥 안이 땀으로 흥건해져 있었다.

무슨 말을 건네고 싶은 것처럼 골목을 서성이던 민서가 이내 푹 고개를 꺾었다. 어깨를 움츠리고는 왔던 길을 거슬러 시야에서 사라졌다.

그 광경을 지켜보던 하윤이 의아하다는 듯 물었다.

"아는 애야?"

"작년에 같은 반이었어."

"별로 친한 사이는 아니었나봐?"

"전혀."

그렇게 대답한 뒤에야 잎새는 정말로 그렇다고 확신할 수 있었다. 그 마음들이 자신을 해치지 못할 것임을 알았다. 무슨 이유로 어떻게 생겼는지 짐작할 수 있었으니까. 그 마음들을 이룬 이름들을 골라낼 수 있었으니까. 과거의 장면들과 마주할 수 있었으니까.

그렇다고는 해도 지난해의 사건을 떨지 않고 고백할 수 있을 때까지는 훨씬 더 많은 시간이 필요할 것이었다. 마음이 정화되려면 아주 긴 세월이 흘러야 하므로. 그런 뒤에도 완벽하게 사라지지는 않을지 몰랐다.

둘은 상가 건물을 돌아 나와 공원길을 걸었다. 잎새가 포플러 나무 길을 지나며 물었다.

"하윤아, 우리 나중에 같이 책을 만들지 않을래?"

"왜 하필 책이야."

하윤이 내키지 않는다는 듯 콧등에 주름을 잡았다.

"너는 이야기를 쓰고 나는 그림을 그리는 거야. 우리 이모처럼 같이 작업실도 마련하자. 어때, 재미있을 것 같지 않아?"

"내가 이야기를 쓴다고?"

하윤이 놀라운 사실을 깨우친 것처럼 눈을 크게 떴다.

"그럼. 네가 들려주는 이야기가 얼마나 재미있는데. 너 우리 이모가 쓴 책도 재미있게 읽었다며. 작가 일에 관심 있는 거 아니었어?"

"그러고 보니 틀린 말은 아닌 것 같은데?"

하윤이 솔깃한 표정을 지었다. 잎새가 웃으며 말했다.

"우리 함께 겪은 일들을 쓰고 그리자. 일곱이랑 다시랑 깜깜이에 대해 쓸 수도 있겠지. 그렇다고 있는 그대로 써버리지는 말고. 수수께끼를 내는 것처럼 알쏭달쏭하게 만드는 거야."

큰 보폭으로 걸음을 내디디면서 잎새는 일곱의 공장 작업장에 있던 유리병과 그 병에 붙어있던 라벨, 거기에 적힌 이름들을 되새겼다. 일곱이 입고 있던 노란색 줄무늬 파자마와 초록색 머리카락, 다시의 은빛 몸속에 들어있던 붉은색 태엽 장치를 떠올렸다. 어두운 밤, 유리병에서 새어 나오던 광휘 역시.

덧칠한다고 해도 모조리 사라지는 건 아니었다. 희망이 담긴 유리병은 끝까지 깨지지 않았다.

둘은 즐겁게 떠들면서 아이스크림을 먹으러 갔다.

3

진짜 이야기는 아직

스탠드가 침대 맡에 동그란 불빛을 드리웠다.

쿠션에 등을 기댄 잎새가 책을 덮었다. 마침내《마음 수거함》을 끝까지 읽었다.

주인공 소녀의 모험은 끝났다. 소녀는 어느 날 들판에 나비 떼가 내려앉아 있는 광경을 목격했다. 무수한 그 나비들은 소녀가 떠나보낸 마음이었다.

소녀는 울고 웃으며 나비들이 저녁놀이 진 하늘을 향해 훨훨 날아오르는 모습을 지켜보았다. 그날 밤 동료들과 작별 인사를 나누었으며 집으로 돌아왔다.

하지만 잎새는 돌아온 후에도 이야기는 계속된다는 것을 알고 있었다. 어떤 이야기는 집에 다다른 뒤에야 비로소 시작될 수 있었다.

그때 방문 너머에서 노크 소리에 이어 조심스러운 말소리가 들렸다.

"잎새야, 자니? 들어가도 될까?"

잎새가 방문 쪽으로 몸을 돌리며 대답했다.

"안 자고 있었어. 들어와."

엄마가 문을 열고 살그머니 얼굴을 들이밀었다.

"뭐하고 있었어?"

"아, 책을 읽고 있었어."

잎새가 무릎께에 올려놓은 책을 들어 보였다. 엄마가 침대 가장자리에 걸터앉으며 책의 표지를 들여다보았다.

"이모가 쓴 책이구나?"

"응. 더 빨리 읽었어야 했는데. 지금이라도 읽어서 다행이야. 정말 좋았어."

"이모가 그 얘기를 들으면 엄청 기뻐하겠다."

엄마가 다음 말을 주저하는 것처럼 두 손을 맞잡았다. 책에서 눈길을 뗀 잎새가 그런 엄마를 바라보면서 물었다.

"엄마, 나 다음 주에 하윤이를 집에 초대해도 될까?"

순간 엄마의 입가에 미소가 어렸다.

“당연히 되고 말고.”

“다른 친구들도 몇 명 초대하고 싶은데 누가 올지는 나중에 알려줄게.”

“그래, 먹고 싶은 게 있으면 얘기해줘. 간식 미리 준비해놓을게.”

잠시 정적이 흘렀다. 그런 뒤에도 싱거운 웃음을 흘리며 쿠션을 만지작거리던 엄마가 어렵게 다시 말문을 뗐다.

“잎새야, 그동안 미안했어. 네 감정을 더 세심하게 살폈어야 했는데. 나도 당황해서, 뭘 어떻게 해야 할지 몰라서 의도치 않게 너를 힘들게 했나봐. 그래도 이렇게 마주 앉아서 대화를 할 수 있게 돼 참 다행이야.”

“나도 엄마한테 미안한 게 많아. 이런저런 비밀도 있고.”

엄마의 얘기가 끝나기 무섭게 단숨에 벼르고 있던 말을 내뱉은 잎새가 조금 느리게 덧붙였다.

“앞으로도 전부 말하지는 않을 거야. 나한테도 비밀이 필요하니까. 하지만 그렇다고 예전처럼 아무 말도 안 하지는 않을 거야. 필요할 땐 엄마를 부를게. 목이 터져라 크게. 그럴 땐 꼭

와서 도와줘야 해. 알겠지?"

한때 엄마를 몹시 미워했다고 털어놓지는 않았다. 지금은 그렇지 않으니까, 새삼 들추어 상처를 입히고 싶지 않았으니까.

섣불리 사랑한다고 보태지도 않았다. 이미 서로 충분히 잘 알고 있었으니까.

엄마가 두 손에 낯을 묻었다. 잎새가 엄마의 어깨에 손을 얹었다. 누구나 길을 잃을 수 있었다. 상자에 갇힐 수 있었다. 어른으로 자라난 이후에도 그런 순간은 찾아왔다. 잎새는 울음을 그친 엄마가 더없이 밝은 표정으로 자신을 돌아볼 수 있을 때까지 같은 자리에서 기다려주었다.

그러다 문득 창문 밖을 응시했다. 어디선가 희미하게 날갯짓하는 소리가 들렸다.

그날 밤에도 투명한 날개가 달린 상자들은 하늘을 날아다닐 것이다. 밤을 가로질러 자신을 부르는 아이들을 찾아.

〈끝〉

마음 수거함

초판 1쇄 인쇄 2024년 4월 9일
초판 1쇄 발행 2024년 4월 12일

지은이 | 장아미

발행인 | 박재호
주간 | 김선경
편집팀 | 강혜진, 허지희
마케팅팀 | 김용범
총무팀 | 김명숙

디자인 | 김태수
교정교열 | 구해진
일러스트 | 노마
종이 | 세종페이퍼
인쇄·제본 | 한영문화사

발행처 | 생각학교
출판신고 | 제25100-2011-000321호
주소 | 서울시 마포구 양화로 156(동교동) LG팰리스 814호
전화 | 02-334-7932 **팩스** | 02-334-7933
전자우편 | 3347932@gmail.com

ISBN 979-11-93811-13-9 (43810)